WURST

Das Buch

Es geht um die Wurst, um dieses universelle, weit unterschätzte Kulturgut, die Legende unter den Lebensmitteln. Ob Blut-, Brat-, Hart- oder Mett-, die Wurst ist in aller Munde. Nur der liebe Gott weiß, was in ihr steckt: Auch wenn diese Redensart zum Siegeszug der Wurst beigetragen hat, löst sie heute Bedenken aus. Es ist an der Zeit, der Wurst ein bisschen auf die Pelle zu rücken. Starkoch Vincent Klink erinnert sich an blutige, aber beseelte Schlachttage und gibt Wurstrezepte bis hin zum Selberstopfen. Illustrator Nikolaus Heidelbach richtet mit seinen kulinarischen Stillleben die Kalte Platte aufs Liebevollste und Überraschendste an. Und Wiglaf Droste, der »Tom Waits der satirischen Schnappschüsse« *(Galore)*, schlägt den Bogen von der Currywurst zur Wurst als Lustobjekt, von regionalen Vorlieben zum Versuch, die Welt als Wurst zu erklären.

Wiglaf Droste
Nikolaus Heidelbach
Vincent Klink

WURST

List Taschenbuch

Inhalt

»Eine Wurst soll von Umglänztheit blitzen;
die Haut muß das Fleisch stramm umsitzen.«

Robert Walser

Wie Wurst entstand

Nikolaus Heidelbach

Einmal sollte Wiglaf Droste den neuesten Harry Potter besprechen und hatte keine Lust. Also schrieb er lieber, wie fade er den Zauberlehrling finde und wie erfreulich es wäre, würden die Kinder und Jugendlichen etwas Schöneres lesen, zum Beispiel – nein, kein Wurstbuch – Grimms Märchen, aber bitte die Ausgabe mit Illustrationen von Nikolaus Heidelbach. Von einem so scharfen Kopf empfohlen zu werden ist hocherfreulich, also rief Heidelbach ihn an, um sich zu bedanken. Dabei kamen sie ins längere Reden und natürlich auch auf die jeweilige aktuelle Produktion. Wiglaf Droste hatte soeben die 25. Ausgabe seiner mit Vincent Klink herausgegebenen Kulinarischen Schrift ›Häuptling eigener Herd‹ fertig gestellt und bot die Bebilderung der nächsten Nummer an. Da das Thema des Heftes noch nicht feststand, schlug Heidelbach Wurst vor. Tags darauf war die Wurst von Vincent Klink und Wiglaf Droste akzeptiert – es sei allerdings schade, dass man nur in Schwarz/Weiß drucken könne. Kein Problem, sagte Heidelbach, Wurst in Schwarz/Weiß, das können wir. Und zeichnete rund 25 Wurstblätter, alle farbig. Sie wurden trotzdem genommen.

Jetzt muss man wissen, wie gerne und viel Wiglaf Droste reist und dass dies ab dem Sommer 2005 in Begleitung von 25 Wurstblättern geschah. Zuerst zeigte er sie natürlich Vincent Klink. Bei diesem Treffen

Wiglaf Droste

kam es zu einer gewaltigen Erweiterung des Wurstbegriffes in Form eines Plans zu einem ganzen Buch über Wurst: Herstellung und Haltung – Verzehr und Verzicht – Aussehen und Ansehen – Würze und Wirkung – alles aus wenigstens drei verschiedenen Blickwinkeln angerichtet, von einem kochenden Schreiber, einem schreibenden Koch und einem hungrigen Zeichner. Lästige Einwände der Art »Wer braucht eigentlich ein Buch über Wurst?« wurden souverän ignoriert. Und noch souveräner traf Wiglaf Droste auf der weiteren Reise einen Verleger, der blitzartig begreifen musste, dass in seinem Sachbuchprogramm eine Lücke klaffte, die förmlich nach einem Wurstbuch schrie. Hier ist es.

Vincent Klink

Was Wurst ist

Ein Rätsel ist die Wurst, ein Mysterium. Rund und knuffig ist sie, eine Verlockung, ein anregendes Versprechen. Was aber verspricht uns die Wurst genau? Was ist Wurst, was ist sie uns? Etymologisch ist Wurst ein Gemenge, ein Mischmasch – man weiß nicht, was darinnen ist. Und will man es wissen? Ist es wirklich ratsam, der Wurst ihre Geheimnisse zu entreißen? Werden wir sie anschließend immer noch mögen? Oder unsere Neugierde nicht eher heftig bedauern? Und die Wurst, aufgeklärt über manches Vergehen und Verbrechen, begangen in ihrem Namen, im Namen der Wurst, folglich ächten und verschmähen? Dieses Risiko kann man nicht ausschließen, wir gehen es mit Freuden ein. Ohne Risiko keine Wahrheit, auch nicht über Wurst.

Prall und reizend liegt die Wurst vor uns. Mannigfaltig und prächtig sind ihre Formen: Als grober archaischer Prügel kommt sie daher, als kinderkopfgroßer Presssack, als darmummantelter Salamiklopper, als niedliches Wienerle, als feines Wurstsäckchen. Großzügig zeigt sie ihre Rundungen, lieblich verströmt sie ihre Düfte – Fenchel, Pfeffer, Knoblauch und was es sei. Und immer sagt sie: Iss mich, hier bin ich, bin ich nicht handlich?

O doch, handlich ist sie, die Wurst. Anmutig vereint die Wurst Griffigkeit und Appetitlichkeit und zieht uns in ihren Bann, auf dass wir ihr verfallen, physisch wie metaphysisch. Wer in das Mysterium Wurst eintaucht, dem erscheint es vollendet logisch, das Universum als Wurst zu erklären und zu begreifen.

Ist nicht alles, was ist, Wurst? Im Guten wie im Bösen, im Klugen wie im Blöden? Die ganze ungeschlachte Welt, ist sie nicht Wurst? Und ist nicht sogar Wurst, was doch definitiv nicht Wurst sein kann? In den fünfziger Jahren des 20. Jahrhunderts tauchten in der inzwischen untergegangenen DDR diese Kinderverse auf:

Der Mais, der Mais, wie jeder weiß,
Der ist ein toller Bengel, er ist die Wurst am Stengel.

Hintergrund war eine sowjetische Maiskampagne in jener Zeit. Nikita Chruschtschow hatte bei einem Besuch in den USA die Methoden des Getreideanbaus studiert, kehrte schwer beeindruckt zurück und übernahm die Anbaumethode auf gigantischen Flächen – denn die gab es in der Sowjetunion ja ebenfalls. Die DDR wiederum, als kleines Brüderchen der UdSSR, kopierte ihrerseits diese Maßnahme – nur war die Idee des massenhaften Maisanbaus überhaupt nicht auf das Gebiet der vergleichsweise winzigen DDR-Agrarflächen zu übertragen. Mais und Maiskampagne waren entsprechend unbeliebt. Also wurde propagandistisch (und gewissermaßen maisbietend) gereimt, um dem Mais zu Ansehen zu verhelfen – so wurde er zur »Wurst am Stengel«. Denn Wurst ist gut, mit Wurst lockt man Menschen, überall.

So wurde sogar der Mais verwurstet – und damit Teil eines Universums, dem nichts und niemand sich entziehen kann und das da heißet: Wurst.

Sogar den großen Verweigerer Bob Dylan erwischte die Wurst. Am Schluss des ersten Teils seiner Autobiographie ›Chronicles‹ schreibt Dylan: »Die Welt stand mir offen. Eines stand fest: Von Gott wurde sie zwar nicht regiert, aber auch nicht vom Teufel.«

Sondern – genau: von Wurst. Das Abenteuer beginnt.

Chorizo-Rudel in der Extremadura

Schlachttag

Einmal im Jahr wurde bei den Großeltern die Sau geschlachtet. Ein Tag allergrößter Konfusion. Früh morgens um fünf ging's los. Der Hausmetzger, »dr Tone« (gesprochen »dr Done«, was so viel wie »der Anton« bedeutet), war wie immer nicht bester Laune. Die buschigen Augenbrauen gerefft und schwarz wie der Auspuff des Diesels, entstieg er seinem ocker-dreckfarbenen Mercedes. Obwohl ein alter Mann, klein und gedrungen, sah man ihm die Kraft nicht an, die in ihm steckte. Seinen Riesenschädel trug er schwer gebückt wie Atlas die Weltkugel, und wenn er sprach, richtete er sich keineswegs auf, sondern blinzelte sehr skeptisch aus der Froschperspektive gegen den Rest der Welt.

Kaum die Stufen zur Waschküche hinuntergehangelt, war gleich der Teufel los. Als kleiner Pimpf lugte ich von oben durchs Geländer und hörte Tone auf die Weiber schimpfen: Das Feuer im Ofen glomm kaum, und das Wasser im Kessel war erst lauwarm. Ohne kochendes Wasser kann man keine Sau brühen!

Mein Opa Vinz war außer sich und sah bereits das Vesper gefährdet. Tone war aber ein Mann mit Erfahrung und nach erleichterndem »Abfluchen« von ausgeglichenem Wesen und erfahren im Umgang mit schwieriger Kundschaft. Seiner Unentbehrlichkeit gewahr, fühlte er sich durchaus als Held des Tages, war er doch sozusagen der Medizinmann und Guru einer Hinrichtung. Er war vom alten Handwerkerschlag, der sich noch beim Tier fürs Töten entschuldigte und uns von allerlei Aberglauben berichtete, so dass sein Vater den Schweinen vor dem Abstechen ein Tuch um die Augen band und sich bekreuzigte. Auch berichtete er, dass das Tier kein Mitleid spüren dürfe, sonst gäbe es zu wenig Blut. Er selbst murmelte dem Schwein unbeteiligt wie ein segnender Priester noch zu, dass er um der Nahrung willen handle und nicht aus Hass.

Hartleibige Vegetarier bezeichnen das als Mord. Davon wusste man damals noch nichts. Es waren noch die Zeiten ohne die Schnitzel dubioser Herkunft und übler Massentierhaltung und der durchaus berechtigten Sentimentalität gegenüber den misshandelten Kreaturen. Es waren noch die Zeiten ungehemmter und dankbarer Fleischeslust. Man sprach vor dem Essen noch ein Gebet. Essen, egal was, war Kulthandlung, man wusste noch ums Opferlamm und die Geschenke der Natur und den Dank dafür.

Ursprünglich hatten sogar die Kinder an einem solchen Tag schulfrei, der Lehrer und Pfarrer bekam das so genannte Pfarrerstückchen, das mit dem Druidenstück (sic!) identisch war. Dass ein Schwein unrein sei, dass Milch gerinnt, wenn ein Schwein am Eimer riecht, dass es der Sitz unreiner Geister sei, stammt übrigens nicht aus deutscher Überlieferung, sondern entspringt mosaischen Einflüssen bis zurück zum Kult des Adonis, der von einem Eber tödlich verletzt wurde.

Die Sau war am Vortag bei einem Bauern des Vertrauens gekauft worden, und er hatte sie auch antransportiert. Bis zum heutigen Morgen war sie hinterm Haus, nichts ahnend behaglich grunzend und bei frohem Gemüt, zu den Hühnern gesperrt worden. Es war ein Prachtexemplar, eine »Habersau«, mit geschrotetem Hafer gemästet, nicht mit irgendwelchen Küchenabfällen erniedrigt oder gar mit der Universalmischung aus dem Raiffeisenlagerhaus auf schnelles Gewicht gebracht.

In der Waschküche prasselte endlich durch reichliches Blasen, Pusten und Husten das Feuer. Der große Zuber war von Agathe geschrubbt und vorbereitet. Agathe war die Haushälterin und seit vierzig Jahren in aufopfernden Diensten meines Opas, sie war mit sechzehn Jahren in die Dienste des Studienrats getreten. Es muss noch erwähnt werden, dass der Hausherr, der alte Vinz, wie er von seinen Schülern genannt wurde, Generationen von Pennälern in Schrecken versetzte. Als Pauker war er quasi immer im Dienst, schimpfte gebetsmühlenhaft auf den Enkel, auf meine außergewöhnliche Dummheit, »fauler Spitz oder Grandackel«, wobei der franko-schwäbische Schimpftitel »Grandackel« sicher auf die napoleonische Zeit zurückging. Das waren im Hause des Schulmeisters meine Vornamen, Agathe dagegen war eine Respektsperson und hatte vom Alten in all den Jahren reichlich gelernt. Sie beherrschte Küchenlatein, kannte sich in der Kunst leidlich aus und war auch mit Geisteswissenschaften über die Jahre ordentlich imprägniert worden. Bei Tisch oder beim Sonntagstee wurde permanent über Griechische Geschichte, über Giorgione, Voltaire usw. doziert. Agathe mit silbersträhniger Bürzelfrisur bezog ihre Vormachtstellung hauptsächlich aber durch ihre Geschicklichkeit bei der Bienenzucht, die mit drei Bienenhäusern verbissen betrieben wurde, und der Tatsache, dass sie eine Wahnsinnsköchin war: Der Hausherr wusste durchaus, was er an ihr hatte.

Sie war die Einzige, die dem strengen Opa Paroli bieten konnte. Dem wurde auch prompt auf die mürrisch-ungeduldige Frage nach dem Schlachtbeginn – die mehr ein Kläffen war – die Tür gewiesen: »Wenn Sie schon nicht mitschaffen, dann warten Se gefälligst oben, bis die ersten Würst' zum Vesper fertig sind, Herr Doktr.« Er ging mit einer Miene, als wolle er ein Duell arrangieren, aber er schwieg.

Das Wasser kochte. Tone hatte inzwischen mit Oma hinter dem Haus ganze Arbeit geleistet. Großmutter war hart im Nehmen, sie hatte bereits Ende des Kriegs ihren Mut bewiesen, als sie die zwanzig Kilometer nach Voggenberg-Sägmühle leiterwagenziehend unter ständigem

Gebetmurmeln amerikanische Tiefflieger ignorierte und nicht vom Wege wich.

Die Sau hatte das Schafott hinter sich, war mit dem Bolzenschussapparat hingestreckt und abgestochen. Kein schöner Tod, wenn's denn so etwas gibt. Oma rührte wie irr das Blut im Eimer, um das Gerinnen zu verhindern. »Metzgers-Done« hatte das Vieh auf einen plattfüßigen Schubkarren gewuchtet. Es saß drin wie ein Dickbauchbuddha in der Rikscha. Mit der schweren Last, die immer umzukippen drohte, stürzte er mehr, als er wankte. Die schmalen Schnellmastschweine waren damals völlig unbekannt. Eine Sau war annähernd doppelt so schwer wie EU-Schweine von heute, die aussehen, als hätten sie im Windkanal trainiert. Schmalz. Schmalz musste ein Schwein liefern, es war das wichtigste Speisefett überhaupt und wurde überall verwendet, außer zu Salat.

Tone war immer noch am Ächzen, an den Rosenhecken vorbei, die den Herbstschnitt schon hinter sich hatten, hielt er in grobem Kies mühsam die Spur zur anderen Seite des Hauses. Von dort war die Waschküche ebenerdig zu erreichen. Nun wurde gebrüht, Flüche obligat. Agathe kämpfte unter Stoßgebeten und in äußerstem Einsatz schweigend mit. Harz wurde auf die Seiten des Delinquenten gestreut, die gröbsten Borsten abgekratzt und eine Kette unter dem Leib durchgezogen, welche hin und her gezogen die gröbsten Haare und die oberste Hautschicht abschabte. Dann wurde unter dauerndem Messerwetzen rasiert. Mit fast zeremoniellem Ernst wurde die Nassrasur betrieben und frisches Wasser über die immer blankere Haut gegossen. Endlich lag die Sau in Frieden da, hell, rein wie neugeboren.

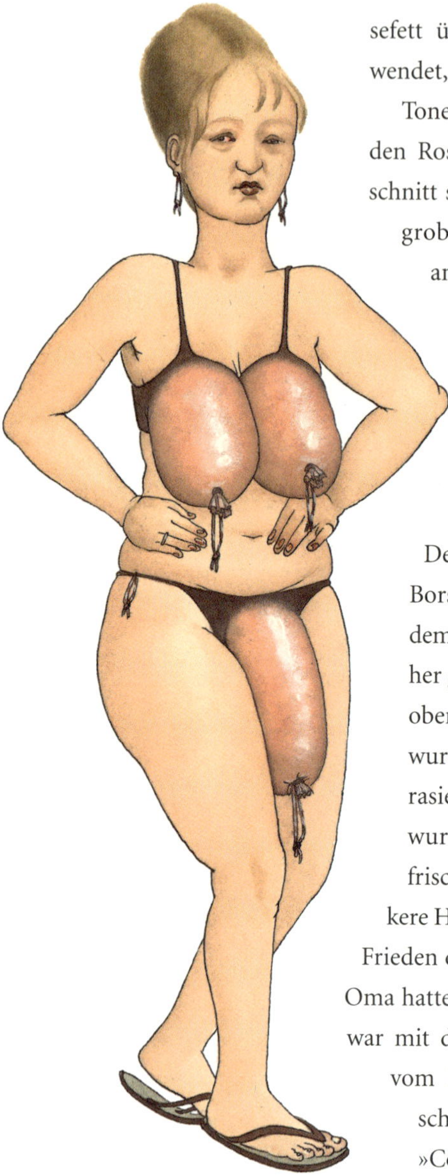

Oma hatte derweil das Blut kaltgerührt, Tone war mit dem Ausweiden bereits fertig, und vom Kopf beginnend bis zum Ringelschwänzchen in gerader Linie hing das »Corpus delicti« an der Leiter, um sogleich auf den Schragen gewuchtet zu werden, den rohen Tisch, der erst dann so genannt wird, wenn Totes darauf liegt. Die Sau kam nur langsam auf Raumtemperatur. Sie wurde immer noch dampfend an die Wandhaken gehängt, und aus heutiger Sicht kommt mir ein wehmütiges Gefühl ob der armen Kreatur. Damals, als man sich gerade wieder anschickte, die Bundeswehr zu uniformieren, kein Gedanke daran. Mit großen Augen und offenem Mund bestaunte ich die Urgewalten leidenschaftlichen Werkelns. So stellt man sich den Orkus vor, Schlachtfeldgeruch, wabernde Dämpfe aus dem Brühkessel, im Dunst schemenhaftes Huschen und blitzende Messer und immer das leise Scheppern der Messersammlung, die der Metzger über seinem Gummischurz wie einen Revolver umgebunden hatte. Es war Kampf, alle waren wie im Fieber.

Oma war am Zwiebelschneiden, Opa, die Mischung zwischen Despot und Deserteur, rauchte ein Stockwerk höher Zigarre. In der Wurstküche herrschte Stillschweigen, denn der Aberglaube berichtete von zerredeten Würsten, die fad und ausgekocht alle Bemühungen zunichte machen würden.

Der Kupferkessel war wieder mit frischem Wasser gefüllt. Mit Zwiebeln und Lorbeer versehen wallten die ersten Fleischstücke und taumelten zwischen Nelken und Pfefferkörnern, immer bestrebt, in ruhigerem Wellengang am Rande des Kessels dem zarten Durchgaren entgegenzudümpeln. Nicht die edlen Fleischstücke, sondern alles, was schräg und schief war, flog in den dampfenden Schlund.

Vor Oktober wurde nie geschlachtet, da man nicht über Kühleinrichtungen verfügte, um sich der Fliegen zu erwehren. Es war Ende Oktober und bereits reichlich kalt, sodass zur Waschküchentüre Wolken hinausstoben, als stände das Haus in Flammen. So war es ein völlig sinnloses Bemühen meines Großvaters, mich mit Drohgebärden davon abzuhalten, den Nachbarn von unseren Griebenwurstgefechten etwas auszuplaudern, daher sicher das Gerücht auf der schwäbischen Alb, dass ungebetener Besuch die Würste platzen ließe. Nichts gegen Besuch und Tee mit »Gutsle«, aber bitte nicht, um die Wurstbeute zu teilen.

Noch war es nicht so weit. Die Leber kochte im Kessel, und Agathe war dabei, den Rückenspeck in feine, akkurate Würfelchen zu schneiden. Die wurden mit gedämpften Zwiebeln und dem Blut vermischt und gewürzt mit Nelke, Piment, Kardamom, Salz und Pfeffer. Tone kurbelte bereits an der Wurstfüllmaschine, die ziemlich angerostet war und nicht funktionieren wollte. Die Leber wurde mit gedämpften Zwiebeln durch den Wolf getrieben, fettige, weichgesottene Fleischstückchen aus dem Kessel kamen hinzu, um alles zu vermengen und in Därme zu füllen. Wahrlich, nicht gerade ein Heldentod, in die eigenen Därme abgefüllt zu werden. Die Blut- und Leberwürste kochten im Kessel, und alle hofften, dass auch einige zerplatzten. Wenn nicht, so zerstach man einige, damit die Metzelsuppe mehr Fleischeskraft annahm.

Sobald die ersten Blut- und Leberwürste fertig waren, wurden sie nach oben zum Opa gebracht, der sie probierte. Man versammelte sich dann mit Metzelsuppe und Kesselfleisch im »Stüble« neben der Küche, in der zwischenzeitlich das Schmalz mit Zwiebeln und Äpfeln sott. Man lag trotz des Fehlstarts gut in der Zeit, es war zehn Uhr, die klassische Vesperzeit. Im Grunde lief die ganze Hektik darauf hinaus, diesen Eckpfeiler der schwäbischen Gemütlichkeit nicht zu verpassen.

Zum Vesper gab es wegen der fetten Metzelsuppe Bratbirnenschnaps. Die friedensstiftenden Wirkungen des Schnapses könnte man an dieser Stelle ergiebiger besingen, denn fortan ließ sich Opa mit gütigerem Gemüt öfter in der Wurst- bzw. Waschküche blicken, und Tone wurde immer ruhiger.

Da wurde der fleischbeschauende Tierarzt eher als Störenfried empfangen, ein echter Angstgegner, denn man durfte erst mit Wurstmachen

beginnen, wenn die Trichinenschau beendet war. Der hochnoble, rotbackige städtische Amtsarzt zockte deshalb von jeher einen viel zu großen Brocken für die Trichinenbeschau ab. Nicht nur Großvater, allen war klar, dass zum Mikroskopieren höchstens einige Gramm benötigt wurden, aber den Veterinär stimmte man vorsichtshalber, und sei es aus Tradition, günstig. Man hatte sowieso keine Chance, unter ein, zwei Kilo hätte er die Sau nicht freigegeben. Er war sich des Amtsrespekts völlig bewusst, als er verkündete: »Wenn ihr wollt, so nehm' ich jedem hier noch die Mandeln raus, muss ihm nur vorher noch den Kopf spalten.« Man nahm's nicht krumm. Schnell war der städtische Beamte in der Vesperstube verschwunden, nahm das Mikroskop aus dem Holzkoffer, klemmte ein winziges Fleischstückchen zwischen zwei Glasplatten und stierte schwer atmend und kesselfleischkauend ins Okular. Gerne hätte ich da auch hineingeschaut, aber ich traute mich nicht zu fragen. Allzu gefährliche Dinge konnten dort aber sicher nicht beobachtet werden, sonst wäre dem Dreizentnermann im weißen Arztkittel der Bissen wohl im Hals stecken geblieben. Ich dachte mir auch, wenn in dem Fleisch etwas Giftiges drin ist, dann war's ja von allen bereits schon gevespert. Alle im Hause waren der Ansicht, dass der Tierarzt völlig überflüssig und nur eine Schikane des Staats war, sozusagen eine Sondersteuer. Ihm wurde das Salär sofort in die Hand gezählt, damit er schnell seines Weges gehen solle, was nicht geschah. Die Amtsperson knallte triumphal viele blaue Stempel auf die Schweineschwarte und quartierte sich dann über Stunden in der Vesperstube ein, las Zeitung und trank Schnaps.

Es ging dem Ende zu, die Schnapsflasche war fast geleert, der Tierarzt schlief am Tisch, Opa war im Studierzimmer, und in der Waschküche lag man gut in der Zeit. Oma hatte inzwischen die Dosen vom letzten Jahr abgeschnitten, sie verrichtete das mit einer Art überdimensionalem Büchsenöffner. So konnte man die gebrauchten Dosen wieder aufs Neue verschließen, denn keine Sau hat so lange Därme, dass man alles in sie einfüllen könnte. Die Dosen waren fast wichtiger als die in Därme gepressten Würste, sie waren lange haltbar, und man konnte damit die Genüsse bis ins nächste Jahr konservieren.

Ich naschte andauernd, und immer wieder musste ich an die frische Luft. Die Gier war größer als die immer wieder hochkommende Übelkeit. Mit Schnaps war mir aber keine Erleichterung zu verschaffen, ich hatte mal einige Tröpfchen probiert, und er fuhr mir in die Gedärme, als hätte der Blitz eingeschlagen. Den ganzen Tag hatte ich's gehört. Ich war zu nichts zu gebrauchen, allenfalls nur zu niedersten Diensten: »Lang mols Zieberle (Zuber) rom, du faulr Spitz«, so oder ähnlich der Originalton vom Tone. Auch er hatte inzwischen einen feuerroten Schädel, als hätte man ihm mit der Fahrradpumpe zu viel ins Ohr gepustet. Mit Ach und Krach wurden schlussendlich die Koteletts geschnitten und mit den Brustseiten und Schinkenteilen in die Pökellake befördert. Tone wusch sein Handwerkszeug und zog sich mühsam am Geländer in die Vesperstube hoch.

Alles hat ein Ende, die Wurst sogar zwei. Die Frauen waren am Schluss die Stärkeren, sie hatten noch die Kraft, das ganze fettimprägnierte Chaos wieder blank zu putzen.

Die Oberarme der Fleischereifachverkäuferin

»Geschnitten oder am Stück?«, fragte die Fleischereifachverkäuferin. Kühl war es in der Metzgerei, beinahe wurde mir ein bisschen fröschelig, nachdem ich aus der draußen herrschenden Wärme eingetreten war. Auf meinen Unterarmen bildete sich unter den Hemdsärmeln Gänsehaut, die Härchen standen ab. Vor mir wurde eine Frau bedient, ich stellte mich einen guten Meter hinter sie. Der gekachelte Boden der Schlachterei war frisch gewischt, die Verkaufstheke blitzblank gewienert. Und doch hing ein Geruch im Raum, ein leichter, aber nicht überriechbarer, in Teilen etwas süßlicher Duft, eine Melange aus Blut, Räucherwaren und Reinigungsmittel. Ich sah mich um. Außer den Fleisch- und Wurstwaren – »aus eigener Herstellung«, wie ein Schild selbstbewusst betonte – wurden auch fremde Produkte zum Kauf angeboten: Tütensuppen, Senf und Meerrettich in Tuben, Kapern, Silberzwiebeln und Rote Bete in Gläsern, Sauerkraut und Rotkohl in Dosen.

»Geschnitten«, antwortete die Kundin, die vor mir an der Reihe war. Eine dicke Cervelatwurst wurde auf die elektrische Schneidemaschine gelegt und – ssst, ssst, ssst – scheibliert. Die Fleischereifachverkäuferin war eine Frau um die fünfzig, groß, schwer, viel – ein Küben, ein Bottich, ein Trog. Ihr Haar war von schmutzigblonder bis grauer Farbe und von einem Frisörhalunken mit der Brennschere zu einer dieser Frauenkurzhaardauerwellenfrisuren verunstaltet worden, die ich nie verstanden habe. Das krüselige Haar sah aus wie ein gebratener Wischmopp oder wie eine dieser Damenbadekappen mit Kunsthaarapplikationen.

Traurigkeit wehte mich an. Warum tun Menschen so was?, fragte ich mich. Warum lassen sich Frauen so verunstalten? – Weil es praktisch ist!, hatte mir einmal eine Freundin erklärt. Das ist die praktische Kurzhaarfrisur für die Frau, die keine Frau mehr ist oder sein will, jedenfalls nicht im eigentlichen Sinne des Wortes. Die praktische Kurzhaarfrisur sitzt wie angenagelt fest am Koppe und macht weiter keine Arbeit. Deshalb wird sie genommen. – Aber praktisch ist doch nur ein anderes Wort für hässlich!, hatte ich eingewandt. – Stimmt, hatte die Freundin geantwortet, aber das ist egal. Wenn du sowieso keine Frau mehr sein willst, kannst du auf dem Kopf auch gleich aussehen wie ein Vogelnest in Gusseisen. Da ist die Sache dann klar.

»Darf es noch ein bisschen mehr sein?«, fragte die Fleischereifachverkäuferin ihre Kundin jetzt routiniert freundlich und riss mich in eine Wirklichkeit zurück, die einem Albtraum zum Verwechseln ähnlich war. »Nein danke!«, schnappte ihre Kundin knapp. Ich konnte ihren Mund nicht sehen, aber ich konnte ihn hören – einen kleinen, lippenarmen, verkniffenen Kneifzangenmund, der ein mäkeliges »Das wär's!« in die Welt entließ, als hätte die Welt genau darauf gewartet.

Die Fleischereifachverkäuferin wickelte ihrer Kundin nun die Beute ein, zunächst in fahles Wachspapier, dann in dickes, altrosafarbenes Einpackpapier, das vor ihrer weißen Kittelschürze nahezu rot aufleuchtete. Die Schürze glänzte matt, sie war aus reiner Kunstfaser – Nylon, Dralon, Perlon oder wie das Zeug hieß, voll mit Formaldehyd oder Asbest, ein Vorläufer der Goretex- und der Jack-Wolfskinhead-Mode. Der Stoff schimmerte so künstlich und giftig, dass man zu hören meinte, wie es klänge, wenn ein Fingernagel der Fleischereifachverkäuferin versehentlich über den Kittel ratschen würde. Es war ein leiseres Geräusch als das von Kreide auf einer Schultafel, aber kein bisschen angenehmer.

Aus den Schulteröffnungen des ärmellosen Kittels ragten die Arme der Fleischereifachverkäuferin. Ihre Oberarme waren gewaltig: Fleisch im sommersprossigen, leberfleckigen, welken Saitling. Unglaublich viel weiches, schmulliges Fleisch war in diesen männerwadenstark gewordenen Oberarmen. Ich sah es und dachte, ich müsse Vegetarier werden. Oder, wenn es zum Äußersten käme, Veganer. Wollte ich das wirklich? Falschlateinisch »Veni, vidi, vegi« rufen? Und reden wie ein nährstofffreier Stadtindianer: »Erst wenn die letzte Bifi verdrückt ist, werdet ihr feststellen, dass man Wurst nicht essen kann?« – Nein, bitte nicht.

Ich betrachtete noch einmal die Fleischereifachverkäuferin, ihre struselige Frisur, ihren Kittel, ihre Oberarme. Dann war ich auch schon an der Reihe, wie beim Zahnarzt. Ich schloss die Augen, roch den Schweiß unter den Achseln meiner Großtanten an der Sonntagnachmittagskaffeetafel, dachte »Kindheit«, dachte »Heimat«, schüttelte mich wie ein Welpe, der versehentlich ins Wasser getapst ist, öffnete die Augen und sagte freundlich: »Guten Tag. Ich hätte bitte gern hundert Gramm von der polnischen.«

»Geschnitten oder am Stück?«, fragte die Fleischereifachverkäuferin und lächelte nicht.

Blutwurstsuppe

Die Blutwurst ist nicht einfach Blutwurst. Es gibt unzählige Variationen. Sie ist auch keinesfalls ein alleinig deutsches Kulturgut. Selbst im Jemen habe ich Blutwürste entdeckt (vom Schaf) und in Thailand. In Frankreich wird sie Boudin genannt, und es gibt dort so eine Art Weltmeisterschaft. Zur Schande der Franzosen gewann diese auch mal ein Berliner Metzger. Wir wussten es schon immer: Berlin ist Weltmeister.

Die französischen Varianten zerlaufen beim Erwärmen nicht. Im Alemannischen, also in Baden, wird sogar nur reines Blut genommen, mit Milch vermischt und dann zum Stocken gebracht. Im Schwäbischen nennt man das eine Blunzn, sie steht im Ruf, dass der Metzger zu geizig gewesen sei, auch noch ein paar Speckbröcklein zu opfern. Nun ja, diese Meinung kommt noch aus einer Zeit, als man Mühe hatte, ohne Hunger über den Winter zu kommen.

Es gibt also drei wichtige Blutwurstvariationen: Die mit Fettwürfelchen, die mit fein gehackter Schwarte und die Version mit gestocktem, reinem Blut. Darüber hinaus wird noch gekochte Zunge untergemischt, Schinkenstückchen usw.

Insgesamt nennt man alle Blutwürste Kochwürste, weil eben gekochte Ware noch untergemischt wird und kein rohes Fleisch im Spiel ist.

Blutwürste gibt es in Kunstdärmen, quasi Klarsichtfolie, in der sie bleibt, wie sie eingefüllt wurde. Es gibt aber auch Kunstdärme, die atmen können und so die Möglichkeit des Räucherns und Trocknens gewähren.

Die berühmte Schwarze Wurst meiner Heimat Schwaben hat die runde Form eines Bratwurstrings, ist ungefähr so dick wie eine Meerrettichstange und wird zum Vesper gerne als Hartwurst, also getrocknet, verspeist. Für unsere Suppe sollten wir relativ frische Ware nehmen, die noch nicht bretthart, sondern schön weich ist.

Nun geht's los. Die Hälfte der Schwarzen Wurst in kleine Würfel schneiden, die andere Hälfte in dünne Scheibchen.

In einem Topf die Zwiebeln und das feingewürfelte Gemüse mit etwas Butter und dem Knoblauch anrösten. Die Blutwurstwürfel dazugeben, mit der Brühe auffüllen, dann kommen die Gewürze dazu.

In einer separaten Pfanne die Schwarzbrotwürfel mit Gänseschmalz krustig schwenken und warm stellen.

Die Pfanne säubern. Die Blutwurstscheiben in Mehl wenden und in Gänseschmalz von beiden Seiten kurz anrösten.

Die Suppe abschmecken, in Teller geben, die Brotkrusteln und Blutwurstscheiben obenauf. Mit Schnittlauch bestreuen.

Zutaten für 4 Personen

150 g	frische Schwarze Wurst
1 l	Fleischbrühe
1	fein gehackte Zwiebel
1 Bund	Schnittlauch
1 Zehe	Knoblauch, gequetscht
3 Scheiben	Schwarzbrot
2 EL	Gänseschmalz (oder Butterschmalz)
1/4 Stange	Lauch in großen Würfeln
1	Karotte, sehr fein gewürfelt
1/4	Sellerie, sehr fein gewürfelt
1 MS	Piment
2 MS	Zimt
1 EL	Mehl
1 EL	Butter

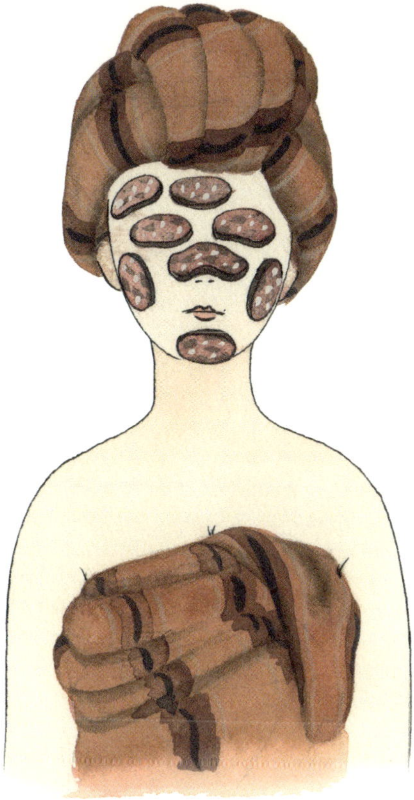

Wurst und Durst

Es trank eine schreibende Eselswurst
Beim Schreiben gewaltig über den Durst.
Sie wurde euphorisch, die I-A-Salami
Und hielt sich für Haruki Murakami.

Grundsätzliches

Brüh-, Koch- und Rohwürste

Die Schlange, von der Eva verführt wurde, war vom Geschlecht der Würste.

François Rabelais, 1532

Als in der Lieblingsstadt Augsburg spät in einem »Stockhausbräu« die Kellnerin mich flüsternd fragte: »Mechtens a paar G'schwollene?« wußt' ich gar nicht was ich davon halten sollte … Ha! Doch klärte sich alles auf. Sie hatte Würstel im Sinn. Ich blieb späterhin kalt, wenn mich eine Bedienerin fragte: »Mechtens a paar Dicke?« Kalt blieb ich.

Alfred Kerr, 1920

In meiner Jugend habe ich Metzger gelernt, mein Vater war Tierarzt und auch Chef des Schlachthofs in meinem Heimatort. Ich bin sozusagen in der Metzelsuppe aufgewachsen. Allein die regionalen Wurstspezialitäten kann ich nicht ad hoc aufsagen. Es sind zu viele. Das ist alles sehr verwirrend. Doch irgendwann während der Arbeit zu diesem Buch lichteten sich die Schwaden in meinem Kopf, der inzwischen die Temperatur eines Wurstkessels angenommen hatte. Der Wurstologe kennt drei Grundsorten: die Rohwurst, die Brühwurst und die Kochwurst. Trinität also auch bei der Wurst. Sie sind das Fundament tausender Wurstvarianten und Ableitungen.

Mit aneinander geknoteten Wustsorten könnte man als Kette des Genusses wahrscheinlich die Welt umwickeln. Wurstsorten gibt es ohne Zahl. Je mehr ich mich ihnen widme, desto unübersichtlicher, wenn nicht gar unheimlicher wird mir die Vielfalt. Bevor die Sinne schwinden, verschaffe ich mir etwas Ordnung im Kopf und greife zur Bibel des Metzgerhandwerks. Koch, ›Die Fabrikation feiner Fleisch- und Wurstwaren‹. Die erste Ausgabe erblickte um 1900 den wilhelminischen Wursthimmel. Im Vorwort wird noch freundlich auf ein Kapitel koscherer Rezepturen verwiesen. In meiner Bibliothek befindet sich die 19. Auflage (Deutscher Fachverlag, Frankfurt am Main). Die 1934 in der Nazizeit entfernten koscheren Rezepte sind immer noch nicht ins Buch zurückgekehrt. Es sind trotzdem noch 1300 verschiedene Wurstsorten rezeptiert. Den militärischen Ton des Reichsnährstands hat man beibehalten. Andererseits sind die knappen Anweisungen auch Ausdruck professionellen Terrains. Momentan hält der Buchhandel die 21. Auflage für sage und schreibe 118 Euro bereit. Die koscheren Rezepte machten mich so neugierig, daß ich mir übers Internet die Erstausgabe besorgte.

Ins Haus kam eine sehr schöne Ausgabe für 38 Euro, und die koscheren Rezepte enttäuschten mich nicht. Überhaupt erfahre ich in dem Buch, wie man ohne Hilfsmittel, chemische Zusätze oder moderne Apparate zurechtkommt. Viele moderne Fertigungserkenntnisse und Praktiken sind fast immer dem Rationellen gewidmet und dienen selten der Qualitätsverbesserung. Findet man im modernen Fleischereibetrieb viele neue Sorten, die sich häufig ähneln, so sind unter den alten Rezepten viele verloren gegangene Köstlichkeiten. Sie verschwanden in der Versenkung, weil sie arbeitsintensiv sind und sich somit bei unseren heutigen Löhnen nicht mehr rentieren.

Unter dem Stichwort Stuttgart finde ich Wurstsorten beschrieben, angefangen bei der Stuttgarter Bratwurst über Stuttgarter Saiten, Stuttgarter Salvenatwurst oder Stuttgarter Schwarze. Man könnte gerad zum Wurstforscher werden. Moderne Metzgereien produzieren Würste in

Pumuckl-Outfit, mit Käse und sonstigem zeitgeistlichem Schwachsinn. Die Schandtaten, die unter dem Mäntelchen der Kreativität gefeiert werden, sind Legion. Warum kümmert man sich nicht um alte verschollene Wurstspezialitäten? Wer kennt heute noch eine Rosinen-Beutelwurst oder eine Blut-Bregenwurst oder Kasseler Weckewerk?

Oder nehmen wir die berühmte Bratwurst. Bratwurst? Ganz klar, Bratwurst ist eine Wurst, die gebraten wird oder wurde. Im Grunde könnte man eine Salami in die Pfanne werfen und in weichem, jungem Zustand rösten, und dann wäre das auch eine Bratwurst.

Rohwurst heißt es, wird aus rohem Material hergestellt, sie kann streichfähig sein (Mettwurst) und je nach dem Grad der Austrocknung feucht, halbfest, schnittfest und hart bis steinhart, wie das wirkliche Leben. An der Luft getrocknet, mit speziellen Mikroorganismen befallen, reift die Rohwurst zu beispielsweise Landjäger, Plockwurst, Krakauer oder der typischen italienischen Salami. Hier muß ich anmerken, daß ich mal in Südfrankreich eine Salami kaufte, welche den Azzuri den blanken Neid ins Gesicht gefräst hätte.

Rohwürste gibt es dick oder dünn und bei uns in Deutschland vorwiegend in kaltem Rauch getrocknet. Rohwürste müssen reifen, Milchsäurebakterien leisten dazu einen großen Dienst. Mit etwas untergemischtem Zucker kommt eine langsame Fermentation in Gang, die je nach Art der Bakterien einen speziellen Geschmack erzeugt. Mittlerweile sind jedoch in fast allen käuflichen Salami Antioxydationsmittel und Schnellreifechemikalien drin. Ein Professor an der Uni Hohenheim erzählte mir vor Jahren freudestrahlend, daß man daran forsche, eine Salami in einer Woche (anstatt in zwei Monaten) fit für den Verkauf zu machen. Eine Unverschämtheit eigentlich. Wir Steuerzahler, oder sage ich lieber gleich Opfer, finanzieren eine Wissenschaft, die der Fleischindustrie kräftig auf die Sprünge hilft, damit sie uns betrügt.

Kleine Wurstplatte

Genug des Rohen, nun zu den Brühwürsten. Hier ist Hitze im Spiel. Entweder werden die Würste im Kessel gebrüht, also bis kurz vor den Siedepunkt gebracht, oder sie werden im Heißrauch gegart. Früher hat man die Würste einfach übers offene Holzfeuer gehängt. Es konnte nicht ausbleiben, daß ab und an die ganze Ware in Flammen aufging. Gerade war die Rede vom Siedepunkt, oder sagen wir besser Garpunkt. Der kann etwas unterschiedlich sein. Bei Frankfurter Würstchen beispielsweise sind es exakt siebzig Grad. Das Eiweiß koaguliert (gart). Wird die Hitze überschritten, passiert in der Metzgerei genau das, was wir alle schon oft erlebt haben. Alles dehnt sich aus, die Würste platzen.

Die Rötung verursacht das Nitritpökelsalz (Nitrit=Anion des Salpetersalzes), und es sind nicht nur Gewürze im Spiel, sondern häufig auch noch Kutterhilfsmittel. Das sind Eiweißstoffe, die für bessere Bindung sorgen. Es können bei billigen Würstchen einige Chemikalien, wie Farbfestiger etc. zusammenkommen. Schinkenwurst, Leberkäse, wenn auch ohne Pelle, die berühmte heiße Rote, das alles sind Brühwürste, selbst wenn die Würste gar nicht gebrüht, sondern roh in die Pfanne kommen, wie die Nürnberger Würstchen. Streng genommen könnte man sie als eine der wenigen Sorten echter Bratwürste bezeichnen. Bei der Thüringer Bratwurst, die erstaunlicherweise Kümmel enthält, plädiere ich auf echte Bratwurst, weil sie im Idealfall roh auf den Grill kommt. Beide Wurstsorten werden oft aus hygienischen Gründen gebrüht, also vorgegart. Das Ergebnis ist ein völlig anderes. Eine rohe Bratwurst hat ja ein relativ feuchtes Brät. Diese feuchte Fülle ist extrem verderblich, also ist sie nicht transportabel und deshalb nur am Original-Herstellungsort eine Köstlichkeit. Wenn ich mich nicht irre, so ist der Transport von rohem Brät sowieso verboten. Wir leben ja in einem hoffnungslos überregulierten Land, diesmal bin ich aber mit dem Gesetzgeber einig. Eine Fleischvergiftung, mit der ist nicht zu spaßen.

Um nun einen Knoten ans Ende der Brühwurst zu machen: Brühwürste sind mit rohem Material gefüllt, ebenso wie Salami. Sie sind meist fein gekuttert. Kutter oder Blitz, so nennt der Metzger sein Zerkleinerungsgerät. Waagrecht rotierende Messer mit mehreren tausend Umdrehungen pro Minute machen aus Fleisch eine amorphe Masse, das Brät. Mit Trinkwasser in Form von Eis wird es geschmeidig gemacht. Durch den Wassergehalt sind die Würste fürs Trocknen ungeeignet. Sie werden durch Brühen haltbar gemacht. Anschließend kann man sie, wie beispielsweise bei der Schinkenwurst, auch trocknen, sofern der Darm feuchtigkeitsdurchlässig ist. Also, im Plastikdarm funktioniert es nicht, aber im Naturindarm vortrefflich.

Auch er ist ein Kunstdarm, der eine pergamentartige Textur hat und langsam die Feuchtigkeit der Wurst entweichen lässt. Zu Därmen gibt es noch einiges zu sagen. Seit die Assyrer zum ersten Mal Schweineblut in Därme, in die Schweinsblase und den Magen füllten und das Ganze dann kochten, waren Därme nicht mehr ausschließlich als Bindfäden oder Saiten für Zupfinstrumente in Verwendung. Ob Schaf, Rind, Pferd, Ziege, die Därme sind so lang, dass man fast das ganze Vieh in ihnen unterbringen kann. Sicher, es ist arbeitsaufwendig, die Därme zu putzen, doch das ist kein Grund, Wurst in Plastikschläuche zu verklappen. Es hat keinen Sinn, sieht man davon ab, dass die Gier der Wurstfabrikanten befriedigt wird.

Nun kommen wir zu den Kochwürsten, und man kann sich fragen, worin der Unterschied zwischen Brüh- und Kochwurst besteht. Die kurze Antwort wäre, in Brühwürste wird rohes Brät eingefüllt und in Kochwürste wird gekochtes eingefüllt. So gart man einen Schweinskopf in der Metzelsuppe so richtig weich, dass fast alles auseinander fällt. Schwarte, Backenfleisch und Fett werden abgefieselt, kleingehackt und in einen Darm oder in den Magen der Sau gefüllt. Würzen mit Piment,

Koriander, Nelke, Majoran und so fort, fertig ist der Schwartenmagen oder Preßkopf. Der Magen wird zugebunden und dann noch einmal gekocht.

Die Metzelsuppe ist ein fast rituelles Zentrum der Kochwursterei, oder wie man auch sagt, des Warmwurstens. Denn zerkleinertes Schweinskopffleisch, Leber und auch Blut werden warm ähnlich einer dicken Suppe zusammengerührt, in Därme oder Dosen gefüllt, und erst beim Erkalten wird daraus schnittfeste Wurst. Umgekehrt kennen wir von der Schlachtplatte die nach dem Einschneiden zerlaufenden Würste. Schweineschwarten enthalten viel Gelatine (aus der beispielsweise auch Gummibärchen hergestellt werden). Der Gelatineanteil in der Wurst bewirkt, dass in warmem Zustand alles zerfließen will und kalt alles schnittfest ist. Freilich, es gibt auch Ausnahmen. Im Badischen wird Blut mit Milch und Gewürzen vermengt und so eine glatte schwarze Blutwurst erzeugt. Diese Wurst kann man braten und sie verläuft trotzdem nicht, weil sie kein Fett und keinen Schwartenanteil hat. Es gibt auch Kochwürste im Norden Deutschlands, die heiß gegart sind und auch schnittfest bleiben. Sie enthalten Mehl, Brot oder Getreide und sind deshalb »standfest«, man denke an die berühmte Grützwurst, die Pinkelwurst, das Möppkenbrot.

Da Kochwürste meist beim Erwärmen zerfließen und in kaltem Zustand fest sind, sind sie sehr nah mit den Sülzen verwandt, ja Sülzen zählen sogar zu den Kochwürsten. Schweineschwarte oder Kalbsfüße wie Kalbskopf enthalten sehr viel Gelatine. Kocht man Letztere in möglichst klarem Fond, kann man beliebige Einlagen verwenden, bis hin zur Gemüsesülze. Diese wäre allerdings erst wirklich vegetarisch, wenn man das kräftig gelierende Agar-Agar verwendete, also ein Algenprodukt. Meist werden aber Gelatineblätter verwendet, was nichts anderes wäre als Schweineschwarte in gereinigtem Zustand.

Blutwürste haben, wenn sie handwerklich gut gelungen sind, eine geschmacklich fast mystische Kraft. Die Rezepturen sind sehr alt, und es gibt sie auf der ganzen Welt verteilt. Selbst im Jemen bekam ich mal eine aus Ziegenblut gerührte Blutwurst in ein Fladenbrot gedrückt. Ausfließende Blutwürste wurden schon als schwarze Suppe den spartanischen Kriegern serviert. Friedrich Schiller bemerkte in seiner Abhandlung ›Die Gesetzgebung des Lykurg und Solon‹, es sei für die Spartaner »kein so großes Übel zu sterben, als die schwarze Suppe zu essen«.

Wie bereits erwähnt, die Welt der Würste ist ein eigenes Universum. Wir könnten noch jahrelang darüber reden. Abschließend noch ein Wurstrezept aus dem alten Rom.

Mische gekochte Weizengrütze oder Gries mit grob gehacktem Fleisch, das zuvor mit Pfeffer, liquamen (römisches Maggi) und Pinienkernen zusammengestampft wurde. Stopfe die Masse in eine Wursthaut (intestinum) und koche sie. Dann grille die Wurst mit Salz und serviere sie mit Senf; oder serviere sie einfach so, in Stücke geschnitten, auf einer runden Platte.

Die Erde ist eine Scheibe Fenchelsalami

Früh am Tag saß Doktor Lidstrand in seiner Küche und las in der Wurst. Aufmerksam blätterte er den Aufschnitt durch, Scheibe um Scheibe, sorgfältig, als hoffe er ernsthaft, dort etwas Wissenswertes zu entdecken. Und er wurde ja auch fündig, Tag für Tag. Versonnen, liebevoll beinahe betrachtete er die italienische Mortadella, die in buddhistischer Ausgeglichenheit vor ihm lag und ganz offensichtlich auch gar nichts anderes wollte als das: herumliegen und Mortadella sein. Lidstrand rollte eine Scheibe zusammen, steckte sie sich in den Kopf und verdrückte sie mit großem Behagen. Dankbar nahm er sich vor, angelegentlich eine Monographie über die Weisheit der Wurst zu verfassen; sicher eine Sache für Suhrkamp.

Die Fenchelsalami lächelte ihn an, wohlwollend ruhte sein Blick auf ihr, schweifte dann begierig weiter zur spanischen Chorizo, die feuerrot und frisch aufgebraten vor ihm lag. Einen Augenblick lang nahm eine Eselswurst seine Aufmerksamkeit in Anspruch. »Man muss den Esel noch schreien hören, dann ist die Wurst gut«, hatte sein Vater zu sagen gepflegt, rituell und zuverlässig redundant, jedes einzelne Mal, wenn Eselswurst auf dem Frühstückstisch gestanden hatte. Er hatte den Satz an den Sohn vererbt, wie einen Fluch; zwar sprach Lidstrand ihn niemals aus, aber er dachte ihn, Morgen für Morgen. Ein Anfall fatalistischen Missmuts drohte ihn zu übermannen. Man kommt nicht los von der Wurst, ging es ihm durch den Kopf, bis es ihm endlich gelang, den Unfug beiseite zu schieben.

Seine Augen wandten sich dem Corned Beef zu. Dunkelrot und aspikig glibbernd lag es da, nicht eben eine optische oder kulinarische Attraktion. Die Anwesenheit des Corned Beefs lag in den Tiefen der Zeit begründet: Als Kind hatte Lidstrand die Worte Corned Beef nicht aussprechen können und stattdessen »Piepkorn« gesagt, sehr zur Freude der Fleischereifachverkäuferin, die ihm stets eine Scheibe davon zusteckte und meist noch eine Zugabe folgen ließ, die sie »eine schöne Scheibe Jachtwuast« nannte.

Wurst, dachte Lidstrand. Wurst ist die Lösung. Wurst ist das Universum, Wurst ist alles, Allah und Gott, Manitou und Mensch, Adam und Eva, Hundkatzemaus. Er war jetzt ganz klar, wurstklar gewissermaßen: Wurst ist der Mensch, ein Presssack. Nie weiß man, was drin ist. Unter der Pelle, unter der Haut – was ist da? Wie sind wir beschaffen, woraus sind wir gemacht? Aus Blut und Plocken? Aus zusammengefegten Resten? Ist die Erde eine Scheibe Schlimmeaugenwurst?

Das Klopfen an der Tür riss Lidstrand aus dem wurstenen Brausen seiner Gedanken. Wie jeden Morgen stand sein alter Freund Doktor Hahn in der Tür, begrüßte ihn, lehnte gewohnheitsmäßig feste Nahrung ab, sprach, wie zu sich selbst, »Liebes, sei eine Maus und reich mir den Underberg«, bekam das Gewünschte, drehte den Verschluss unterm Pakkpapier ab, setzte, noch immer im Stehen, das Pinneken an den Hals, goss sich die Brachialflüssigkeit in den Schlund, schüttelte sich wie welt-, wurst- und allesverachtend, setzte sich endlich und ächzte: »Bwah! Nach dem fetten Essen brauchte ich das.«

Gift will Gegengift, sann Lidstrand vage, so ist es wohl geregelt auf dieser Welt. Nicht ohne Bewunderung betrachtete er Freund Hahn. Spiegel-Trinker wissen mehr, dachte Lidstrand und klappte die Wurst zu.

Kinderwurst

Damenwurst

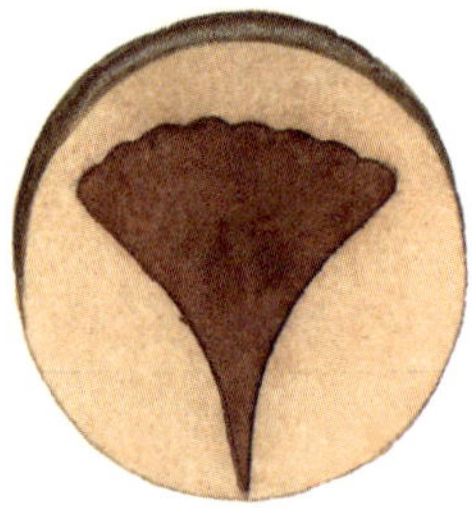

Herrenwurst

Seniorenwurst

Wurstsalat

Ein normaler Wurstsalat, dazu Käse geschnippelt – das nennt man Schweizer Wurstsalat. Eigentlich sollte man darüber kein Wort verlieren müssen, denn ein simpleres Gericht scheint es nicht zu geben. So die landläufige Meinung. Eben deshalb schmeckt diese Ikone der deutschen Gemütlichkeit meist so miefig und kleinbürgerlich. Das müsste nicht sein, und so begab ich mich auf ausgedehnte Feldforschung. Ich mag ihn nämlich – bevorzugt nach bewältigten Wanderungen, sozusagen reinsten Kaloriengewissens, habe ich mir immer gerne so einen Wursthaufen reingedrückt. Danach wurde mir jedes Mal rechtschaffen schlecht.

Ich musste unbedingt herausfinden, ob es an meinem disparaten Magen lag, dass mein Körper von inneren Winden nahezu unbewohnbar wurde, oder an den Ingredienzien, an falscher Zubereitung, ob sich der Verzehr nach dem Mondkalender bekömmlicher regeln ließe oder ob ich eine der wichtigsten Speisen des deutschen Sprachraums endgültig aus meinen Ernährungsplanungen streichen sollte.

Am leichtesten ließ sich mein Problem erhellen, indem ich die Zutaten untersuchte. Schnell stellte sich heraus, dass der simple physikalische Leitsatz auch beim Wurstsalat gilt: »Nur was in ein Gefäß hineingetan wird, kommt auch heraus!« Wer irgendeine Schnäppchenwurst in die Schüssel schneidet, seinen niederen Instinkten folgt und dann auch noch billigstes Öl, Kunstdüngerzwiebeln und rachenputzerischen Branntweinessig ins Gemenge jubelt, darf sich nicht wundern, wenn er einen Küchenunfall fabriziert. Wie sagte mein Vater immer: »Jetzt sind schon zwei Tage rum, und der Wurstsalat schwätzt immer noch mit mir!«

Wer die Wurstscheiben – bevorzugt empfehle ich Schinkenwurst – in feine Streifen schneidet, wird hoffentlich nicht dermaßen diszipliniert sein, um nicht zwischendurch von seinem Rohprodukt zu naschen. Schmeckt die Wurst in purer Form nicht, wird sie durch das Vermengen mit den restlichen Zutaten auch nicht besser. Kurzum, würden wir die Wurst wegen Wohlgeschmacks bereits im Vorfeld gerne verspeisen, sind wir auf dem richtigen Weg. Bester Essig kommt dazu – bitte keinen Aceto Balsamico. Der »Tradizionale« ist für das archaische Gericht zu schade, und das, was in Haushalten massenhaft unser Leben versüßsauert, ist teurer Fake. Es ist nichts anderes als eingekochter Rotweintraubensaft mit haufenweise Zucker (auch Zuckercouleur) versetzt und dann mit irgendeinem Rotweinessig auf saure Wirkung gejazzt. Achtung, das war gerade ein Rezept, um sich das Zeugs billig selber zu machen.

Zutaten für 2 Personen

300 g	Schinkenwurst (Fleischwurst etc.)
150 g	Gruyerzer Käse oder Emmentaler
1 EL	Rotwein- oder Apfelessig
2 EL	Leinöl oder Sonnenblumenöl
1 EL	Orangenmarmelade
1 Bund	Schnittlauch
	Zwiebel ad. lib.
	Schwarzer Pfeffer, nicht zu fein gemahlen

Variationen:

1	Essiggurke in feinen Streifen (wer's mag)
1 Bund	feingeschnittener Rucola

Ich empfehle Rotwein- oder Apfelessig. Grober, schwarzer Pfeffer dazu, aber um Gottes willen kein Salz. Davon haben wir schon genug in der Wurst, und im Käse sowieso. Ein bisschen Öl vereinigt alles geschmeidig, und wir nehmen natürlich nicht irgendein Öl. Mein Lieblingsöl ist und bleibt Olivenöl, aber genauso wenig, wie ich davon eine Mayonnaise anrühre, ist es für den Wurstsalat geeignet. Warum?

Wurstsalat ist die schwarz-rot-goldene Insignie deutscher Kulinarik – bei aller Italophilie kann man ihn nicht südlich der Alpen zwangseinweisen.

Freilich können auch Mesalliancen reizvoll sein, aber Genussfreude entsteht im Kopf. Und wenn der eine feine Zunge hat, dann dürfen gewohnte Muster und romantische Vorstellungen nicht übergangen werden. Wobei, hier nur als Einwurf: Mit richtig guter Mortadella, mit Parmesansplittern etc. könnte man den Italienern durchaus eine splendide Geste der Entwicklungshilfe leisten.

Bleiben wir aber bei unserem teutonischen Hardcoreprodukt, denn wenn auch der Magen robust ist, so lassen sich doch manche Zutaten im Kopf schwer harmonisieren. Deshalb habe ich auch mit den Ölen so meine Probleme – oder nicht mehr, seit ich in meiner Nähe eine Ölmühle entdeckt habe und dort wirklich frisch gepresstes Öl kaufen kann. Neben dem Olivenöl ist das Leinöl mein liebstes Schmiermittel oraler Lust. Manch einer wird den Kopf schütteln und sagen, ja mei, es schmeckt doch grauslich. Stimmt, dachte ich auch, als ich noch nicht wusste, dass es nur eine Haltbarkeitszeit von sechs Wochen hat. Man führe sich mal die merkantil-verschlungenen Absatzwege vors innere Auge. Das Öl wird gepresst, dann kommt es zum Großhändler. Drei Wochen können jetzt schon vorbei sein. Die Pulle steht dann irgendwann im Regal eines Feinkosthändlers oder Bioladens. Bis der Öl-Aficionado zugreift, sind sechs Wochen meist längst vorüber. Unser so leicht irrezuleitender Hirnkasten sagt uns: »Hö, das Zeugs schmeckt ein bisschen arg nach Bio, ranzig eben. Hö, es ist aber auch saumäßig gesund!« Damit hat sich's dann, und alle sind's zufrieden, die es nicht besser wissen.

Um jetzt endlich mal zu Potte, besser noch, zu Schüssel zu kommen: Alle Zutaten werden in feine Streifen geschnitten, auch der Käse. Ich bevorzuge kräftigen Schweizer Käse. Alles kommt in die Schüssel. Durch

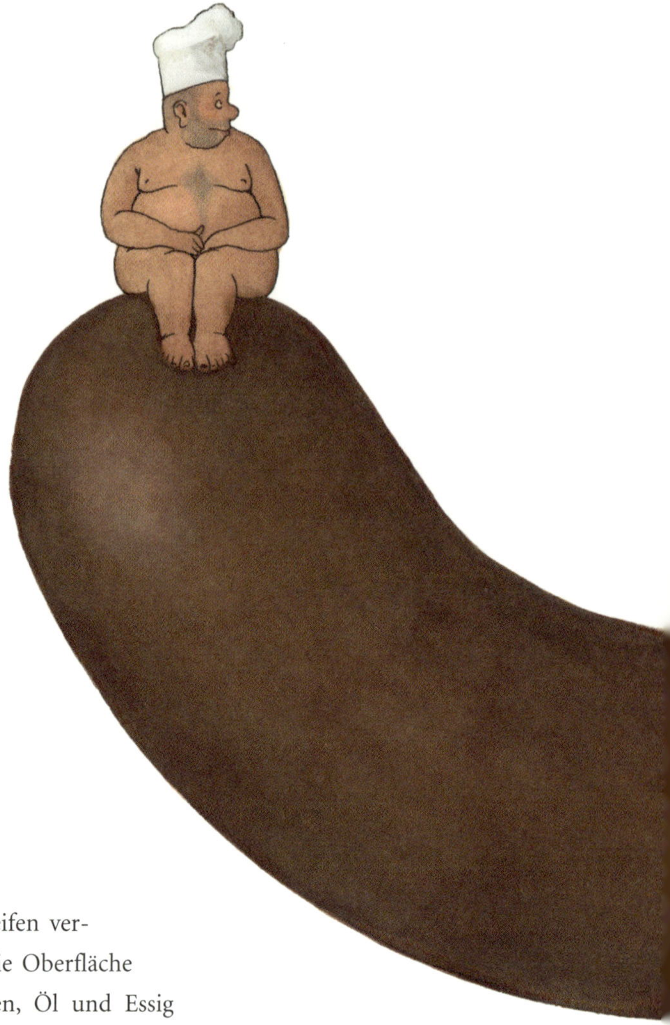

die feinen Streifen vergrößert sich die Oberfläche unserer Zutaten, Öl und Essig können maximal aromatisieren. Nun kommt noch ein Esslöffel Orangenmarmelade dazu. Alles kräftig mischen und mindestens zehn Minuten ziehen lassen. Die Zwiebeln lassen wir weg. Sie kommen erst ins Spiel, wenn wir das Gericht auf den Teller befördern. Schnittlauch wäre auch zu empfehlen. Geschnittene Zwiebeln, aber auch Schnittlauch oxydieren in kürzester

Zeit. An der Luft gehen sie schwefelige Verbindungen ein. Genau diese sind es, welche den Wurstsalat ordinär im Geschmack und nachhaltig terroristisch auf die Gedärme wirken lässt. Der Zwiebelgeschmack sollte sich ganz fein unter den Salat mengen. Wer Zwiebel nicht sehr fein schneiden kann, der nimmt eine Gemüsereibe und rubbelt sich etwas unter die Melange. Es braucht dann nur sehr wenig, um alles dezent und fein zu würzen. Frohes Schaffen wünsche ich.

Bauernbratwurst

Eine gute Wurst misst sich immer an dem Schwein, dessen Fleisch in seine eigenen Gedärme gefüllt wurde. Gewiss, ein betrüblicher Vorgang, aber das ist nun mal das Wesen der Wurst, und deshalb sollte man diesem Nahrungsmittel größte Sorgfalt und angemessenen Respekt entgegenbringen. Die artgerechte Aufzucht gewährleistet das zum Teil. Eine gute Sau, der lebende Delinquent der Hausschlachtung, darf nicht so mager sein wie die Elendsviecher, die mit ihren Koteletts die Auslagen der Supermärkte verunzieren. Eine veritable Bauernsau wächst langsam, mit natürlichem Futter und nicht mit Industrie-Futtermix. Sie darf, wie wir wissen, fast doppelt so schwer sein wie die turbogemästeten Tiere.

Es heißt, der liebe Gott wisse alles, nur nicht, was in der Wurst ist. Welch gemeißelter Spruch. Da bleibt eigentlich nur Resignation. Es sei denn, man schwingt sich dreist über den Aufklärungsstand des Allmächtigen hinauf. Die Antwort auf diese Blasphemie könnte so lauten: Ich muss wissen, von welchem Bauern die Sau aufgezogen wurde, wie es ihr dabei erging und ob sie gut gefüttert worden ist. Oder aber man macht sich auf die Suche nach einem wirklich vertrauenswürdigen Metzger. Der Metzger, der sich selbst über sein artgerechtes Leben Gedanken macht, wird das hoffentlich auch bei seiner Ware tun.

Ein gesundes Schwein braucht viel frische Luft, immer wieder einen Gang auf die Wiese. Hat das Tier ausreichend Bewegung, wird es festes

Fleisch mit geringerer Fetteinlagerung haben, es wird dunkelrot sein und die Würste werden eine homogene Bindung bekommen.

Meine liebste Wurst ist die grobe Bratwurst, im Schwäbischen, meiner Heimat, wird sie als Bauernbratwurst angeboten, obwohl kein Bauer darin verwurstet wird. Der Hausmetzger verarbeitet das noch warme Fleisch, was der groben Wurst zu guter Bindung verhilft und ihr unvergleichlichen Geschmack verleiht, der mittlerweile selten geworden ist. Diese Würste kann man sehr einfach selbst machen. Montag ist des Metzgers Schlachttag, gleich morgens besorgt man sich einen Schweinehals und lässt ihn an Ort und Stelle durch den Wolf drehen. Dazu kauft man noch einen Schweinsdarm, genauso dick, wie wir das von roten Würsten gewohnt sind.

Das Hack in eine große Schüssel geben und 18 Gramm Salz pro Kilo Fleisch darüberstreuen. Nicht mehr und nicht weniger. Industriemetzger nehmen bis zu 22 Gramm, deshalb müssten sie gegen den Durst noch eine halbe Maß Bier gratis mitliefern. Nun kommen frisch gemahlener Pfeffer, Muskatblütenpulver und etwas geriebene Zitronenschale hinzu. Mit den Händen in die saftige Mischung greifen und mindestens fünf Minuten durchkneten. Dies muss gründlich geschehen, besser, man wütet sich zehn Minuten damit ab als zu wenig. Dieser Vorgang sorgt für die Bindung, damit der Wurstinhalt nicht als bröseliges Hackfleisch aus der Pelle purzelt.

Also wütend kneten, bis eine homogene Masse entsteht, die man mit einem Esslöffel in den gewässerten Schweinsdarm drückt. Idealerweise erledigt man das mit einem Spritzsack. Den prügelartigen Wurstdarm mit Schnur in passable Längen abbinden.

Zutaten für 4 Personen

700 g	Schweineschulter
300 g	Rückenspeck
18 g	Pökelsalz
4 g	schwarzer Pfeffer
2 g	Macis (Muskatblüte)
2 g	Zitronenschale
	nach Belieben:
1 g	Kardamom
1 g	Ingwerpulver

So vortrefflich stranguliert gibt man diese Stimulantien der Lust in die Bratpfanne. Auf sehr kleinem Feuer langsam schmurgeln.

Nach 15 Minuten kann man zur Exekution schreiten. Eine der mühelosesten Delikatessen, um geladene Gäste zu verblüffen. Selbstverständlich kann man diese Wurst roh auf den Grill oder in die heiße Pfanne legen. Aus Gründen der Hygiene sollte das nur mit tagesfrischen Würsten geschehen. Für spätere Verwendung die Würste brühen und dann braten wie gewohnt.

Büchmann: Geflügelte Würste

»Alles Wurst.« *Heraklit*

»Izt lacht die Wurst uns an, bald donnern die Beschwerden.« *A. Gryphius*

»Wenn deine Wurst an sich nichts Besonders ist, dann iss sie wenigstens ein bisschen sonderbar.« *G. C. Lichtenberg*

»… und drinnen waltet wurstig die Hausfrau.« *F. Schiller*

»Geben Sie Gedankenfreiheit, Wurst!« *F. Schiller*

»Mehr Wurst.« *J. W. Goethe*

»Wurst ist tot.« *F. Nietzsche*

» Überlassen wir die schönen Würste den phantasielosen Männern.« *M. Proust*

»Zu Wurst fällt mir nichts ein.« *K. Kraus*

»Bin ich also ein Weiser, der träumt, eine Wurst zu sein, oder eine Wurst, die träumt …« *J. L. Borges*

»Die Wurst, das sind die anderen.« *J. P. Sartre*

»Man muss sich die Wurst als glückliches Schwein vorstellen.« *A. Camus*

»Wurst ist berühmt, nicht ich.« *V. Nabokov*

»… Wurst, James Wurst.« *I. Fleming*

Feine Schweineleberwurst

Für diese Wurst lässt man Fleisch und Leber erst einmal durch den Fleischwolf. Dann muss alles noch feiner zerkleinert werden. Dafür sollte man sich einen Kutter zulegen. Solche Apparate gibt es auch für den Haushaltsbereich. Ich orgle privat daheim mit einer Moulinette, deren Füllschale ungefähr einen halben Liter fasst. Die Zwiebeln geben wir mit etwas Butter in die Pfanne und braten sie hellbraun. Sie sollten vollkommen auskühlen, besser wäre noch, sie im Tiefkühler leicht anzufrieren.

Wir wursten weiter, ohne in allzu fettiges Gewurstel zu geraten. Immer schön den Tisch abwischen, die Pfötchen waschen und die Werkzeuge rein halten. So behält man die Übersicht und auch die Freude am Gewerkel. Schnell wühlt man sich ins Chaos, das sich bis zum Fußboden breitmachen kann. Es ist immer noch das fette Grauen, erinnere ich mich doch an meine Zeit als Metzger, an den Fliesenboden der Wurstküche, die nicht besser zu begehen war als eine Schlittschuhbahn. Ich brauchte lange, bis ich begriff, dass Metzgerhandwerk mehr bedeutet als sich nur im bodennebeligen Gewaber um den Wurstkessel auf den Füßen zu halten.

Es gilt, wir wursten nicht auf dem Boden, sondern auf dem Tisch. Zwei Backbleche könnte man sich bereithalten, um die gewässerten Därme und das spätere Einfüllen hygienisch abzusichern. Würste sind wie das Leben, kaum zu greifen, und sie glitschen gerne aus der Hand.

Alle Zutaten, aber nur wenig Pökelsalz, werden gut gekühlt durch den Fleischwolf gedreht. Statt Brät spricht übrigens der Berufskoch in seiner Fachsprache von »Farce«. Damit ist aber nicht ein derbkomisches Lustspiel gemeint. Unter ungünstigsten Umständen könnte es das werden, sollte beispielsweise bei hoher Drehzahl der Deckel des Kutters sich zum Abflug entschließen, so wie mir mal geschehen. Ich hatte allerdings den kaputten Sicherungsmechanismus überbrückt, was die Idiotensicherung deaktivierte. Es sah aus, als wäre Jackson Pollock wiederauferstanden und hätte sich final im totalen Action-Painting verheddert.

Bis man sich den Bauch vollschlagen kann, sind es der Prüfungen viele. Wir probieren jetzt mal das rohe Leberbrät. Hilfreich kann dabei sein, sich vor Augen zu führen, dass im Piemont Carne Cruda zu den höchsten Genüssen zählt, rohes Fleisch vom Kalb, ähnlich einem Tartar. Frisch gehackte Leber mit Pfeffer und Salz erlebte ich mal mit dem Chef der Slow-Food-Organisation. Ich hielt seiner Prüfung stand. Solcherlei Extemporale können Freundschaften schmieden, was dann auch geschah. Rohe Leber als Transmissionsriemen der Völkerverständigung, das muss man sich mal plastisch vors innere Auge rufen. Kein Wunder, dass die Igitt-Gesellschaft so einsam ist und deren Sex so fad wie deren Speisezettel. Woher ich das weiß? Ich weiß es halt, denn ich kannte mal einen italienischen Metzger aus der Lomellina, der trank gleich nach

Zutaten für 2 Personen

100 g	Schweineleber
70 g	mageres Schweinefleisch
70 g	frische Bauchspeckscheiben
2	feingehackte Zwiebeln
1 TL	Butter
1 EL	Sahne
1	Eigelb
2 cl	Cognac
8	im Mörser fein zerstoßene grüne Pfefferkörner
1 MS	abgeriebene Orangenschale (ungespritzt)
1 MS	Piment
1 MS	getrockneter und fein geriebener Thymian
	Pökelsalz, beim Metzger besorgen
	Pfeffer
	Salz

dem Abstechen körperwarmes Gänseblut. Das war ein Spitzentyp, Spezialist für Gänsesalami, ansonsten friedlich und der Liebling der Frauen. Von dem Gericht namens Caprese, also Mozzarella auf Basilikum-Tomaten, hatte er nie gehört.

Schlussendlich muss mit unserem Spezialsalz noch mal abgeschmeckt werden. Pökelsalz ist gesundheitlich völlig okay. Jede Wurst, ob Wienerle oder Leberkäse, läge aschgrau auf dem Teller, wäre dieses Rötungsmittel nicht enthalten. Man kommt ums Probieren nicht herum. Wenn jetzt alles so schmecken würde, dass man es am liebsten ad hoc roh verzehren würde, dann können wir aufatmen.

Jetzt geht es ans Verpacken. Was wir brauchen, ist nun nicht ein schweinisches Darmende, sondern einen Schweine-Enddarm. Sozusagen der Mastdarm, auch Fettende genannt, vulgo Last Exit der lebenden Sau. Diese schlauchartigen Dinger kann uns jeder Metzger besorgen. Sie kosten nicht die Welt, und wir ordern drei davon. Sie sind stark gesalzen und somit haltbar. Für die Verwendung müssen sie vorbereitet werden. Wir legen sie eine halbe Stunde in kaltes Wasser und waschen sie anschließend innen und außen mit lauwarmem Wasser, lauwarm deshalb, damit der Darm geschmeidig wird und sich beim Einfüllen gut dehnt. Mit einem Trichter füllen wir die Lebermasse ein. Der Darm wird am Ende so lange gezwirbelt, bis die Wurst straff ist. Mit Küchenbindfaden nun die Wurst endgültig knebeln.

Einen großen Topf mit reichlich gesalzenem Wasser füllen und zum Kochen bringen. Die Wurst hineingeben und den Topf vom Feuer nehmen. Hilfreich wäre ein Digitalthermometer oder auch das traditionelle Einkochthermometer. Das Wasser sollte sich bei 70 Grad einpendeln und eine Stunde so gehalten werden. Danach haben wir es endgültig geschafft. Die Wurst kommt ins Waschbecken, das mit kaltem Wasser gefüllt wird. Immer wieder die Wurst bewegen und umdrehen. Es könnte sich trotz hoher Kunstfertigkeit Fett abgesetzt haben, das soll nicht in irgendeiner Nische des Wurstdarms verklumpen. Die Wurst im Kühlschrank einen Tag durchkühlen lassen. Das wär's. Über Leberwürste könnte man noch jahrelang forschen, kein Problem, dabei zu verhungern. Also Schluss!

Allah schaut weg

Vom Kochen hatte ich nicht viel Ahnung, aber meinen Job in der Münchener »Torggelstube« machte ich gar nicht schlecht, man musste nur mit der ständigen Unterforderung zurechtkommen und es irgendwie hinkriegen, nicht wie die meisten Kollegen dem Suff zu verfallen. Der Laden lag direkt neben dem Hofbräuhaus, und das sagt schon alles. Es war schwer was los in der Ecke, die Kundschaft zahlreich und nicht sehr sensibel. Ein prima Job. Von Verdienen konnte keine Rede sein, trotzdem bekam ich einen Haufen Geld, ohne mir dafür den Haxen rauszureißen.

Der Besitzer der Riesenrestauration besaß mehrere Hotels, eines irgendwo in Afrika, ein so genanntes Resort. Ich glaube, das sind Hotels, wo man sich auf Kosten verzweifelter Einheimischer verwöhnen lassen kann. Anspruchslos kann der Betrieb in der Savanne jedoch nicht gewesen sein, denn mir waren vier Riesenkerle von dort unterstellt. Sie waren rabenschwarz, was von der weißen Kochkleidung noch kontrastreich unterstrichen wurde. Es waren Leute von Format, hoch geachtete Chefköche und Spezialisten für afrikanische Küche. Meine Aufgabe war es, ihnen hier in München die deutsche Regionalküche beizubringen, sodass der teutonische Großwildjäger daheim in Afrika auch nach der Löwenhatz nicht auf seine gewohnten Schnitzel verzichten musste. Viel war nicht zu tun, Rouladen wurden gedreht, Schnitzelvariationen trainiert oder Königsberger Klopse gekugelt.

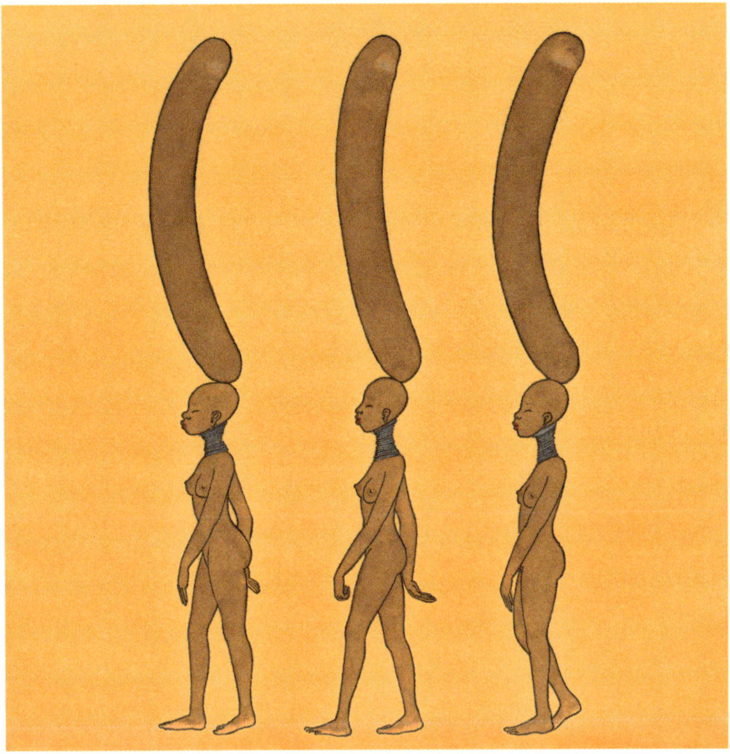

Würstchenträgerinnen in der Serengeti

Mein Küchenchef hielt sehr viel von mir, jedenfalls bildete ich mir das ein, denn ich war sozusagen eine Art kulinarischer Fähnleinführer. Immer gut gelaunt, ließen die schwarzen Herren sich nie in Stress bringen. Manchmal gab es vom Küchenchef Geschrei, denn der empfand es als provozierend, wenn die »Bimbos«, wie er sie gerne nannte, trotz hektischem Stoßgeschäft relaxed mit den Hüften wackelten und rhythmische Songs summten. Über die rassistische Tonlage machte man sich damals keine Gedanken. Franz-Josef Strauß war noch am Ruder. Bayern war durch ihn im kurzzeitigen Afrikafieber, als sich der außenpolitische Weißwurst-Capitano mit deftigen Kommuniqués an der Bundesregierung vorbeischob. »Na fahrn mer zu dena Nega nunta und dann erklärn mir dena die Demokratie!« Der Kabarettist Gerhard Polt brachte es damals auf den Punkt, indem er in die Rolle Franz-Josefs schlüpfte und seinem Publikum über Afrika genauere FJS-Didaktik lieferte: »Demokratie it means Freibier!«

Die Schwarzen fühlten sich wohl und happy, und uns kochte bei vollem Haus das Wasser im Arsch, wie der Koch so zielgerade seine Tätigkeit am Rande des Absturzes bezeichnet. Uns hing die Zunge raus, im Restaurant warteten Dutzende Gäste auf ein ordentliches Essen, und die Afrikaner hauten sich auf die Schenkel, weil sie nicht begreifen wollten, was so hohe Not verursachen könnte, dass man sich in der Küche in Raserei arbeitet.

Trotzdem empfanden wir Köche alles als schwer in Ordnung, schließlich waren die Kollegen unsere Gäste, und im Zweifelsfall ist ja lustig immer besser als sauertöpfisch. Sie hatten unglaubliche Stimmbänder und quietschten durch die Küche. Ständig gaben sie irgendwelche Lustschreie von sich und waren immerzu in juxiger Laune, wie ich es seit dem Kindergarten nicht mehr erlebt hatte.

Unsere afrikanischen Gäste befanden sich also im »Paradies« und hatten über Diskriminierung nicht zu klagen. Wir weißhäutigen Köche wurden auch nicht artgerecht gehalten und kurzerhand mit »Scheißaus« angeredet. Erst nach einem halben Jahr machte sich der Boss die Mühe, nach anderen Synonymen zu fragen.

Da sich der Küchenchef auch einzelne Namen nicht merken konnte, taufte er sie irgendwann allesamt Lumumba. Später, als wir dann merkten, dass die Leute doch nicht alle gleich aussahen, nur weil sie nicht so

Würstchenrennen Paris – Dakar

mehlige Gesichter hatten wie wir, kam es zu einer Verfeinerung der Anrede. Der größte Kerl hieß Lummi, ein anderer war Lummel, denn er hatte ein Gerät in der Hose, das selbst uns abgebrühte Köche nachdenklich machte und die schwulen Kellner zur Raserei trieb. Damals kam mir schon der Verdacht, dass Rassenhass auch etwas mit Neid zu tun haben könnte. Dann war da noch ein kastenartiger Typ, den wir Luggi nannten, weil er ein Fan des »Kini« Ludwig von Bayern war und immer einen Kini-Anstecker auf seinem Tirolerhütchen trug. Im Dienst hatten die Kameraden übrigens immer Kochhüte auf, aber ansonsten kamen sich die Könige der Savanne ohne Tirolerhütchen halb ausgezogen vor.

Allesamt waren die Herren Mohammedaner und bekamen extra Essen, denn die Torggelstube am Münchner Platzl war, wie in Bayern so oft, ein Hotspot der Schweinevertilgung. Weißwürste gab's in rauen Mengen, Schweinshaxen, Grillbäuche mit Kümmel und so weiter. Die Karte war dermaßen monotheistisch auf Schwein justiert, dass für unsere afrikanischen Gäste eigentlich nichts genießbar war und wir ständig Ersatzspeisen kochen mussten.

Eines hatten wir schon rausgekriegt: Brieten wir Schweinswürstl als Personalessen, dann bekam die Truppe in einer separaten Pfanne das gleiche Zeugs, wir schmissen jedoch ordentlich Kreuzkümmel dran und jubelten das den Moslems als marokkanische Lammwürstchen unter. Es zeigte sich schnell, dass sie diese Kost wunderbar vertrugen. Ob sie gewisse Verdachte hegten, weiß ich nicht. Wer in Bayern verhungert, ist selbst schuld, das hatten sie schnell begriffen. Sie tapsten nicht so verklemmt wie wir Deutschen mit eingezogenem Bauch durch die Gegend, sondern schoben ihre zunehmend schwellenden Wampen mit Präsentiergehabe durch die Küchengänge.

Der Sommer neigte sich, und dann war Oktober. In München ist das mindestens eine so beseelte Jahreszeit wie Ostern in der Città Vaticano.

Das römische Osterfest ist zwar ein Touristeninferno, aber gegen das Oktoberfest nicht mehr als ein schlappes Kirchentagskonzert. Die »Wiesn« ist weltberühmt, davon hatten auch die Afrikaner gehört. Sie wollten ums Verrecken dorthin. Sonntags hatte die Torggelstube Ruhetag, und wir schnappten uns gleich den nächstliegenden Termin und fuhren mit der U-Bahn (Umsonstbahn) auf den Campus der frugalen Sinnesfreuden. Mir ging es saugut. Ich war zwar eine Riesenflasche, aber trotzdem der Boss einer Truppe von bodybuilderischer Superqualität. Von Black Power hatten die Onkel Toms noch nie was gehört. Öffnete sich die U-Bahn-Türe, so bauten sie sich jeweils zu zweien links und rechts daneben auf und machten einen tiefen Diener, damit ich durch sie hindurchschreiten möge. Das tat ich anfangs mit hochrotem Schädel, hatte ich den Kollegen doch oft erklärt, das peinliche Lakaiengetue bleiben zu lassen. Es half nichts. Sie waren geradezu wild darauf, dauernd mit gutturaler Lautstärke »Massa, Massa« zu brüllen. Vorbeischnürende Passanten dachten sicher, ich sei Millionärssohn, ein Relikt aus dem Hochadel oder sonstig kolonialer First-Class-Abstammung.

Auf der »Wiesn« war die Hölle los, hier herrschte der Lärmpegel eines Vulkanausbruchs, welcher meine Mannen in Euphorie versetzte. Das ganze Kinderprogramm wurde abgeeiert, mit der Schiffsschaukel geschwungen, Berg- und Talbahn war angesagt, auch diverse Karussells. Als wir uns zwischen den Ständen durchdrängten, war jedoch nur Zuckerwatte an muslimisch korrektem Angebot aufzutreiben. So gesehen kann man die bayerische Küche durchaus fremdenfeindlich nennen. Die Stimmung stieg trotzdem, die Herren hatten eine Art mao-ähnliches Outfit, Sakkojacke mit Rundkragen, alles knalleng um gewaltige Bizeps gespannt, und dann noch das winzige Tirolerhütchen auf ihrem Ballonschädel. Von irgendwelchen besoffenen Bavaria-Aborigines wurden wir nicht weiter behelligt, denn die Afrikaner sahen aus wie gefährliche Bodyguards oder wie eine mit Schuhcreme eingefärbte Blues-Brothers-Band.

Bislang waren sie standhaft – Allah hätte seine Freude an ihnen gehabt. Der Widerstand erodierte alsbald. Ihre Außenseiterrolle wurde ihnen zunehmend schwierig. Im Hackerbräuzelt bestellte ich mir die kleinste Maßeinheit Bier, exakt einen Liter, und Lummi orderte für seine Crew diverse Coca-Cola. Der Kellner sah ihn an, als wähnte er sich bestätigt, dass die Schwarzen geradewegs von einem Baum ins hiesige Gehege gehüpft seien. »Wos, a Cola? Spinnst du«, krächzte der genervte Keller und fuhr mich an, ich solle mich mit den Negern doch zupfen, wenn das Angebot hier nicht passe. Ich stammelte nur ein feiges »Is ja gut«, und der erbarmungslose Bierdepp wackelte ab und schrie sich fast selbst an »von wegen Extrawürscht, wenn dia Nega koa Moß vertragn, dann sollns verrecka!« Wir waren machtlos, es kamen fünf Humpen Bier. Meine Kollegen guckten etwas verängstigt, als fürchteten sie um ihr Leben, und setzten die schaumgekrönten Töpfe an die Lippen. Gleich darauf stellten sie den Krug ab und verharrten mit nach innen gekehrtem Blick, als warteten sie auf irgendwelche Donnerschläge oder sonstige Rache des Propheten. Zu ihrer Verblüffung geschah nichts. Halt, doch! Ihre Mienen hellten sich auf. Dämmerte ihnen, dass ihr Imam sie jahrelang verarscht hatte, dass Bier gar kein Alkohol, sondern Nahrungsmittel und genauso auch im Bayerischen Gesetz sanktioniert ist?

Eine halbe Stunde später wackelten wir im Gänsemarsch zur Klobaracke, die Stammeskrieger bereits in sehr friedfertigem Passgang unterwegs und um einiges lustiger als sonst. Man muss in Physik keine Eins gehabt haben, um zu wissen, dass nach dem Umfüllen von Flüssigkeit von einem Gefäß ins andere das eine leer und das andere voll ist. So war es. Die Krüge waren leer, die Jungs voll. Angefüllt mit einem Liter Bier, aber mangels Übung waren sie nun von hysterischer Ausgelassenheit.

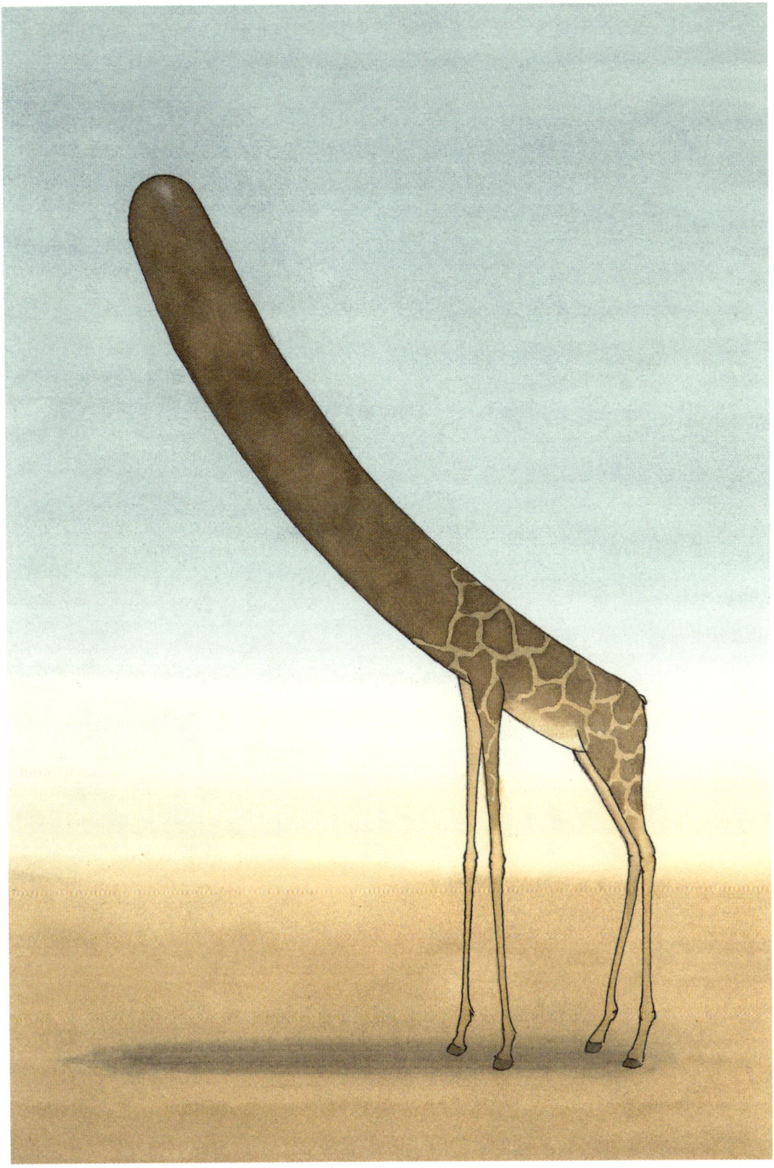

Vor Marrakesch

Okay, andere Gäste am Nebentisch, auch bei Schwersichtigkeit leicht als jodelbesessene Japaner zu erkennen, waren auch feste im Delirium und hatten sich auf die Tische begeben. Inmitten des Multikultigehopses steckte ein augenstieriger Japaner unserem schwarzen »Kini« ein Stück Rote Wurst ins Maul. Luggi hielt inne, als hätte er Mohammed als Wiedergänger beim Steppen entdeckt. Luggi war eine kulinarische Hochbegabung. Er schmeckte endlich das, was Deutschland erst lebenswert macht. Er wusste, es war gut. Es war ein Moment koranscher Wucht. Er stieg vom Tisch und setzte sich ruhig, wenn nicht gar ergriffen neben mir auf die Bank. Mit flüsterndem Timbre, als spräche er in einem Sterbezimmer, raunte er mir ins Ohr: »Massa, German Wurst is wonderful.« »Massa, is it pork, Massa?« »Yes«, sagte ich »the bavarians eat pork a lot and they look so, and all around is porky.« Ich wollte eigentlich mein Missfallen um das ganze Inferno hier kundtun, aber er war auf einem anderen Trip. »Yeah! Porky, that's it. Oh, it's not normal pork, it is wonderful bavarian pork.«

Es wurden Würste en masse geordert, und da Häuptling Lummel so eine Art Anführer war, hatte er durch eine imaginäre Direktleitung zum Propheten auch Dispens zum Wurstverzehr erworben. Er sagte mir: »Massa, nix Problem, bevor sterben, du kannst alles essen, Allah schaut weg!« Der Islam ist eine prima Religion, alles ist eine Frage des Blickwinkels und der Auslegung. Jedenfalls, die »Black cooking Mafia« hatte heute ihren Ökumene-Feiertag.

Der Bierträger trabte heran, denn Würscht machen Durscht. Als der gelöscht war, kam wieder die Lust auf Würscht, und irgendwann war dann alles wurscht. Der Schankkellner bekam langsam Respekt: »Du, deina schwarzen Nega, die kenna fressen, do schnallst ab!«

Merguez

Heute ist diese Romantik dahin. Man fährt über den Rhein und ist in Frankreich. Vor Jahren musste Geld gewechselt werden. Der Hirnkasten wurde an der Grenze sortiert und der französische Wortschatz zurechtgerückt. Vieles hat sich bis heute egalisiert, die deutsche Küche ist international auf höchstem Niveau und anerkannt. In Deutschland habe ich mein Handwerk gelernt und in Frankreich, was man aus dem Beruf des Kochs machen kann. Ich erinnere mich noch an die erste Crème fraîche, die ich bei Bocuse in den Mund bekam. Sie war köstliches Accessoire zu Erdbeeren. Gefühle wallten in mir auf, als hätte ich ein Weltwunder schnabuliert. Meine erste Merguezwurst besorgte ich mir an den Koordinaten des Straßburger Zollübergangs.

Zwischen einem riesigen, noch knusprigem Brötchen steckte eine feuerrote Wurst. So teuflisch, wie sie mich anblickte, so schmeckte sie auch. Mir war, als hätte ich Sprengstoff geschluckt.

Allerdings war meine Order an den marokkanischen Bratenwender gewesen, mir doch bitte die scharfe, originale Variante in den Wecken zu stecken. So wurde mir die Version »très fort« auf den Pappteller gelegt.

Die »Merguez« kommt aus dem Nordafrikanischen, speziell aus Marokko, und bedeutet ganz einfach »Wurst«. Sie passt zu Couscous und wird in Frankreich auch gerne mit Pommes Frites kombiniert. Die große Tradition dieser Spezialität verhütete nicht, dass sie in Frankreich zu einer Fast-Food-Ikone erhoben wurde. Für die Wurst bedeutete das zwar einen Abstieg, aber wenn man das Elend der Wurstbuden Zentraleuropas berücksichtigt, dann sorgt diese Wurst für ein besseres Frankreich. Wir wissen um die ethnischen Probleme dieses Landes, und man darf sich ruhig fragen, was wäre, wenn es diese Wurst nicht gäbe.

Hier das Rezept für die Merguez:
Das Fleisch und die Peperoni werden durch die mittelgrobe Scheibe des Fleischwolfs getrieben und dann alle Zutaten mit bloßen Händen (Latexhandschuhe bieten sich an) so lange geknetet, bis wir nicht mehr das Gefühl haben, im Hackfleisch zu rumoren. Es entsteht etwas Neues, nämlich Brät von fester Bindung. Laienhaft könnte man sagen, dass sich alle Bestandteile zäh verkleistern.

Zum Gewürz »Rhaz el Hanout« ist noch etwas zu sagen. Es ist ein marokkanisches Mischgewürz, das im aufgeklärten Haushalt nicht fehlen sollte. Man kann es auch für Fisch und Fleisch verwenden, speziell für Lammragouts. Im Original enthält es zerriebene Spanische Fliege (hammerhartes Potenzmittel). Ich habe mir die Insekten (drei Stück davon sind tödlich) extra mal in der Apotheke besorgt. Es sind wunderschöne, grünmetallische, längliche Flügelkäfer, die ganz anders aussahen als die Tierchen in meinem marokkanischen Gewürzbeutel, den ich mir mal ungemahlen besorgt hatte. Dort waren es nämlich hundsgemeine grüne Schmeißfliegen.

Im Original wird dem Brät noch Harissa beigegeben. Ich rate davon ab, das fertig

Zutaten für 6 Personen

1	Schafsdarm (2,5 m)
1 kg	Lammschulter, durchwachsen (20% Fett)
1	Knoblauchzehe, gequetscht
1	Zwiebel
3	Peperoni
1 EL	Rhaz el Hanout
1/2 TL	Zimt
1 EL	Essig
1 TL	Kreuzkümmel
1 TL	gemahlener Koriander
19 g	Meersalz
1 TL	Schwarzer Pfeffer

Sozialfall Schaschlik

gekaufte Harissa enthält immer konservierten Knoblauch oder noch schlimmer Knoblauchpulver. Letzteres Zeug hat einen »Groove«, den ich gar nicht vertrage.

Jetzt aber geht es wieder um die Wurst:
Die schwierigste Übung kommt nun – Schafsdärme füllen, dafür braucht es eine Wurstpresse oder einen speziellen Aufsatz, den man an den Fleischwolf schnallt. Etwas leichter tut man sich mit Bratwurstdärmen, welche den doppelten Durchmesser haben. Man könnte das Brät in einen Spritzbeutel geben, ein Sekundant hält den Darm, und dann wird gedrückt und nachgeschoben, gedrückt und nachgeschoben, gerade so, dass alles stramm sitzt. Mit Küchenfaden wird unsere Superwurst dann abgebunden. Man kocht sie sanft oder legt sie mit ein bisschen Fett in die Pfanne. Die Hitze lässt die Wurst schwitzen, es läuft Fett aus. Das soll uns nicht kirre machen, der Fettgehalt ist wesentlich geringer als bei einem Wiener Würstchen. Das kann man sich übrigens generell merken: Fett ist prima, solange man es sieht.

Es gibt ein Haltbarkeitsproblem. Zwiebeln und Knoblauch machen sich gerne mit ihren Oxidationsprodukten mausig, rasanter Verderb wäre die Folge. Wer die Würste an der Luft trocknen möchte (klappt nur im Winter), also so eine Art Salami herstellen möchte, der muss bei der Herstellung auf Zwiebeln und Knoblauch verzichten. Das kann man übrigens auch generell tun, wenn man beides nicht verträgt oder seine Umwelt nicht damit narkotisieren möchte.
Ja, was red' ich: »Bonne chance!«

Bock auf Wurst?

Über das Frankfurter Würstchen, das eigentlich ein Wienerle ist

Im Jahre 1805 kam das Frankfurter Würstchen in die Welt. Ausgeheckt hatte es ein Franke: Johann Georg Lahner, Fleischergeselle aus Gasseldorf bei Ebermannstadt, warf zu Beginn des 19. Jahrhunderts in Wien eine neue Wurst auf den Markt, die er Frankfurter nannte. Wer auf der Frankfurter Zeil einmal eine Frankfurter zu sich nahm, glaubt sofort, dass so ein Riemen gut 200 Jahre auf dem Buckel hat. Hochbetagt und oll und brackig schmeckt das, nach Darm, gefüllt mit dem, was der Schlachtergehilfe zusammenkehrt. Die Bockwurst ist das Laminat unter den Lebensmitteln.

Als Kind liebte ich diese schäbigen Teile. Meine Omma nannte sie Heiß-Heiß-Würstchen, weil sie nicht gebraten, sondern in Wasser erhitzt werden. Immer hatte Omma Kotsch genug davon in ihrer Einkaufstasche. Besonders beliebt waren Erzeugnisse der Betrügerfirma Redlefffsen, die mit dem Werbeslogan »Die Würstchen mit dem Reißverschluss« vermarktet wurden. Die Würstchen mit dem Reißverschluss – ja klar, die wollte ich haben, absolut. Ich bekam sie – und dann hatten sie gar keinen Reißverschluss. Was für eine Gemeinheit! Nur die Plastikverpackung war so perforiert, dass man sie in der Mitte auseinanderreißen konnte, um anschließend jeweils zwei eingeschweißte Würste in der linken und in der rechten Hand zu halten. Das sollten die Würstchen mit dem Reißverschluss sein? Wer im Konsumismus groß wird, lernt so schmerzlich wie beizeiten, besser nichts und niemandem zu glauben.

Wiener Prostituierte

Ungeachtet dessen wurden Unmengen von Heiß-Heiß-Würstchen verschlungen, manchmal sogar kalt, direkt aus der Packung. In diesem Fall hing ein farblos durchsichtiger Glibber ihnen an, der entweder abgespült oder unbekümmert mit Senf oder Ketchup oder Meerrettich oder Mayonnaise oder allem davon übertüncht wurde, optisch wie geschmacklich. Gern wurde dazu Kartoffelsalat undurchsichtiger Provenienz vertilgt. Und war es auch scheußlich, so ward es doch als schön empfunden.

Ekel vor der Wurst kam erst mit den »Deutschländer-Würstchen« auf. Der Abscheu speiste sich vor allem aus der Enttäuschung darüber, dass diese Produkte gar nicht aus Deutschen hergestellt werden, um dann von anderen Schwarzrotgoldwahnsinnigen kannibalisch verzehrt werden zu können. So ist das mit den Deutschen und der freien Marktwirtschaft: alles Schwindel, und nicht einmal ein charmanter.

Ein entzückender Wurstwitz aber stand vor Jahren im Satiremagazin ›Titanic‹: »Bei Familie Bockwurst ist wieder Senf eingetroffen – Hei, wie sie alle ihre Köpfchen in das gelbe Nass tunken!« So konnte man es sich vorstellen, das lustige Frankwurster Leben. Ernüchternd ist allerdings die Konfrontation mit den spröden Tatsachen: Frankfurter Würstchen werden aus reinem Schweinefleisch hergestellt und »paarweise abgedreht«, wie das in Fleischerfachkreisen heißt. Paarweise abgedreht klingt nach Eheleuten im Endstadium.

Die auseinanderreißbaren Frankfurter Doppelhaushälftenwürstchen werden über Buchenholz geräuchert, bis sie eine goldgelbe Farbe haben. Gegen Ende des Räucherprozesses lässt sich diese Farbgebung dadurch intensivieren, dass die Frankfurter für kurze Zeit einem Nassrauch ausgesetzt werden: Über die Holzglut wird eine trockene Schicht Hartholz-Hobelspäne gestreut, über die sofort eine weitere Schicht gut angefeuchteter Hobelspäne kommt, die das gesamte Räuchermaterial am Glimmen hält, aber keine Flamme mehr zulässt. Nach dem Räuchern sollen die Frankfurter auf dem Rauchspieß leicht abkühlen. Aschenstaub wird durch kurzes Abschwenken mit heißem Wasser entfernt. Die Würstchen werden dann in Kästen neben- und übereinander geschichtet, mit Pergamentpapier gut abgedeckt und leicht gepresst, sodass sie eine viereckige Form bekommen. Wenn diese Würstchensorte außerhalb des Wirtschaftsgebiets Frankfurt hergestellt wird, muss sie als »Würstchen nach Frankfurter Art« deklariert werden – ein schöner Name für Daniel Cohn-Bendit.

Das Wiener Würstchen, verharmlosend auch Wienerle genannt, besteht jeweils zur Hälfte aus Schweine- und Rindfleisch mit hohem Sehnenanteil, wird mit Pfeffer, Muskatblüte, Koriander, Paprika und Ingwer gewürzt und in Schafsdärme abgefüllt. Nitritpökelsalz macht die Wurst rot, ohne dieses Gift wäre sie auswurfgrau. Also muss das Nitritpökelsalz an die Wurst, denn der grassierende Ess-und-Trink-Journalismus verfügt als eine seiner letzten Wahrheiten: Das Auge isst mit. Gern sähe ich einmal ein Auge die Hand essen, die das hinschreibt.

So genanntes Kutterhilfsmittel rundet die unappetitliche Wienerle-Angelegenheit ab; das Wort Kutter hat nichts mit dem Wasserfahrzeug zu tun, sondern ist das metzgerdeutsche Wort für den englischen Cutter. Kutterhilfsmittel sind Zitrate, meist wird Trinatriumzitrat verwendet. Es wirkt ähnlich wie Kochsalz, schmeckt aber nicht salzscharf, zusätzlich wird der pH-Wert geringfügig angehoben. So wird die Salzkonzentration gesteigert, ohne dass das Produkt salzscharf schmeckt. Zitrat wird wie Kochsalz zu Beginn des Kuttervorgangs zugesetzt.

Zum Schluss wird dem Wienerle noch etwas Farbfestiger beigegeben – wahrscheinlich im guten alten Gard-Haarstudio der 70er-Jahre, von Frisörweltmeister Jacques Galèt persönlich. Alsdann:

Fertig ist die fiese Wurst. – Guten Hunger, guten Durst!

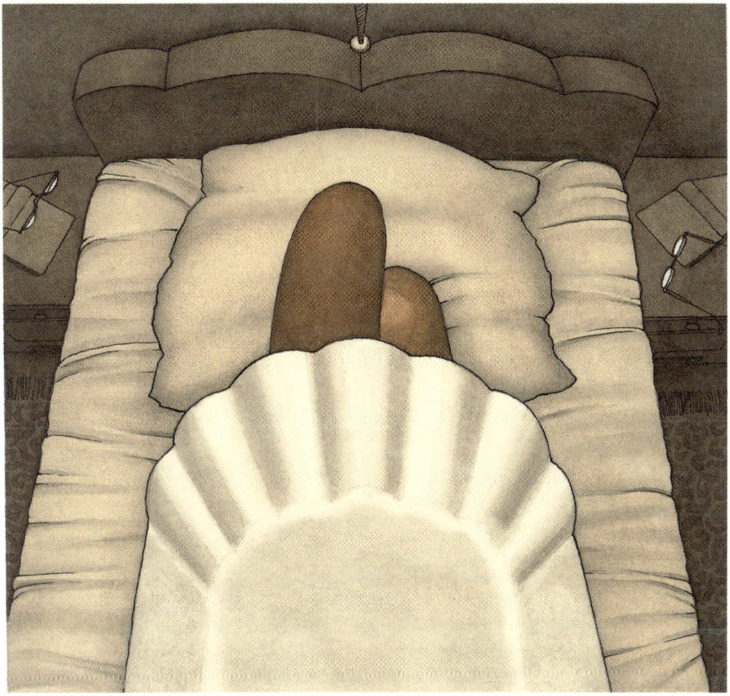

Frankfurter Buchmesse

Historische Kochwürste

Drei Rezepte im Originaltext aus dem *Neuen wohl eingerichteten Schwäbischen Kochbuch, aus mehr als fünfzehn hundert Speisen bestehend, oder aufrichtige und bewährte Nachrichten von allem ersinnlichen Koch- und Backwerk in zwei Teilen mit nötigen und nützlichen Registern versehen. Neue und viel verbesserte Auflage. Tübingen, bey Johann Georg Cotta, 1766*

Lungenwürste

Nehme zu einer ganzen Ochsenlunge 10 oder 20 große Zwiebeln und 1 Pfund Rinds oder Nierenfett, und hacke es miteinander.

Wenn es recht klein ist, tue es in eine Schüssel, schlage vier Eier dazu, gieße nicht gar einen Schoppen Milch daran, menge eine geriebene Mutschel darunter und röste es im Schmalz oder Butter, tue ferner Salz, Pfeffer, Ingwer und Muscatennuß daran, mache es mit der Hand vollends untereinander, und fülle es in recht saubere Rindsdärme von beliebiger Größe. Knüpfe die Därme auf der einen Seite vor dem Füllen, auf der anderen nach dem Füllen wohl zu, siede die Würste und gib sie hin, oder brate Sie auf dem Rost. Sie müssen zuvor aber ein wenig erkalten bevor du sie bratest.

Kürzlich erkundigte ich mich bei einem Metzger übers Wurstmachen und er meinte, dass man zu Hause keine Würste machen könne, es fehle am geeigneten Gerät. Ich kann mich in den Mann hineindenken. Es muss ihm so vorkommen, als wenn ein Kantinenkoch von seiner High-Tech-Kombidämpferküche zu den Pfadfindern ans Lagerfeuer wechseln muss, um dort einen Michelin-Stern zu erkochen.

Wie es ohne Gerät geht, das erfährt man in alten Rezepten. Die Anweisungen zur Lungenwurst lesen sich etwas verwegen. Mit Rinderfett habe ich eigentlich keine guten Erfahrungen. Mein letztes Gourmetabenteuer diesbezüglich hatte ich im Internat, als der Rindertalg einer »Sägemehlwurst« am Gaumen klebte und ich durch einen Würgeanfall fast in die ewigen Jagdgründe übergewechselt wäre.

Andererseits, wenn in diesem Buch extra so ein Rezept aufgeführt wird, so kann es nicht ganz schlecht sein. Damals, anders als heute, überlegte sich ein Verleger ganz genau, was er in mühevollem Handsatz zum Drucken gab.

Ganz bestimmt ist das Rezept durch die Verwendung von Kalbslunge und Kalbsnierenfett zu verbessern. Klingt gar nicht gut, das Wörtchen Kalbsnierenfett, darum ist es aus unserer heutigen Küche fast ganz verschwunden. Aus der klassischen Hochküche war es nicht wegzudenken. Es hat einen dermaßen wunderbaren Geschmack, dass es nur noch mit bester Butter oder Ochsenmark verglichen werden kann.

Zutaten für 6 Personen

1	Kalbslunge
6	Zwiebeln, feingehackt
500	Kalbsnierenfett (beim Metzger vorbestellen)
3	geriebene Brötchen (Mutschel)
4	Eier
1 EL	Ingwerpulver
	Pfeffer, Salz, Muskatnuss, Thymian
4	Schweine-Enddärme

Wir drehen die Lunge in langen Streifen mit dem Fett durch den Fleischwolf. Gehackte Zwiebeln und die restlichen Zutaten kommen dran. Alles gut vermengen und mit Salz, Pfeffer und Muskat abschmecken. Ergänzend würde ich noch kräftig Thymian zu diesem Rezept empfehlen.

Die Därme werden in lauwarmem Wasser gut gewässert und mit dem Brät nicht zu stramm gefüllt. In leichtem Salzwasser eine Stunde lang kochen. Die Lunge, auch wenn sie sich im rohen Zustand zart anfühlt, ist ein sehr bindegewebsreiches Körperteil, das beim Erhitzen sehr zäh wird und weichgekocht werden muss. Aus dem heißen Wasser kommen die Würste ins mit kaltem Wasser gefüllte Waschbecken. Mit einer Nadel sticht man Luftlöcher hinein. Die Wurst schrumpelt im kalten Wasser zusammen und muss mit einem Küchenfaden noch einmal nachgespannt werden.

Leberwürste

Nehme etwas weniges Fleisch von den Bauchstücken, Lunge und Leber, Milz und Netz, tue auch im Notfall Kalbsleber dazu, hacke alles untereinander recht zart, menge eingeweichte Wecken oder Schwarten, und geschnittenen Speck darunter, je mehr je besser, würze es mit Muscatennuß, Muscatenblüth, Pfeffer, Ingwer, Nägelein, Salz, Thimian und Majoran, mache alles wohl untereinander und fülle es in Därme, verwälle sie im Kessel und lasse sie wieder erkalten.

Am besten, man besorgt sich beim Metzger zwei halbe Schweinsköpfe und ein Kilo Bauchlappen. Die Lunge nimmt man heute selten mehr dazu. Wir halten uns jedoch aus Respekt vor der Historie daran, Lunge muss sein.

Und zwei Schweinelebern müssen sein. Kalbsleber hat längst nicht die geschmackliche Kraft wie die vom Schwein, wir können also darauf verzichten. Fünf Zwiebeln werden in Scheiben geschnitten und in Öl hellbraun gebraten. Zwiebeln dann auf ein Sieb geben und das Öl gut abpressen.

Die Schweinskopfhälften kommen in einen wirklich großen Topf und werden mit heißem, schwach gesalzenem Wasser bedeckt. Etwas Meer-

Zutaten für 6 Personen

1	Schweinskopf
1 kg	Schweinebauch
2	Schweinelebern
6	Zwiebeln
6 EL	Majoran
2 EL	Thymian
6 Zehen	Knoblauch
1 TL	Piment
2 MS	Nelke
1/2 TL	Muskatblüte
1 TL	Ingwerpulver
	Meersalz
	schwarzer Pfeffer

salz kommt dran und auch diverse Gewürze, wie Nelke, Piment, Pfefferkörner, Muskatblüte, eine Zwiebel kochen wir noch mit und all das, was an Gemüse in eine gute Suppe gehört – Lauch, Sellerie, Petersilie. Die Schweinsköpfe dürfen gerne eine Stunde kochen, dann gibt man die Milz, Lunge und die halbierten Lebern dazu. Wer ein Kuchengitter hat, legt es obenauf, denn Lunge und Lebern schwimmen unweigerlich oben. Wir kochen alles noch einmal eine Stunde. Haut und Fleischteile sollten sich fast von selbst vom Knochen lösen.

Mit einem Sieblöffel wird alles herausgefischt, etwas erkalten lassen und mit den Händen abfieseln, ein selten sinnliches Vergnügen. Wir sollten immer wieder die Augen schließen, damit wir besser fühlen können. Ich erinnere mich an Hausmacherwürste, die zwischen den Zähnen immer wieder die Knorpel krachen ließen. Also konzentriert fühlen, ob sich zwischen den Fingern etwas Hartes zeigt.

Ist dies getan, so haben wir ein Chaos von Fleischbröckchen vor uns, die nun mit der kleingeschnittenen Leber, der Lunge, der Milz und den gebratenen Zwiebeln durch den Fleischwolf gejagt werden. Alles Fett, das am Kopf war, muss unbedingt auch ins Gemenge, sonst wird die Wurst trocken.

In unserer Schüssel befindet sich nun ein grauer Brei. Hausgemachte Leberwürste sind deshalb immer grau, weil kein Pökelsalz verwendet wird. Mit Meersalz wird so weit gewürzt, dass die Masse kräftig schmeckt.

Das Hauptkraut für die Leberwurst ist der Majoran, und der kommt großzügig mit allen anderen Gewürzen in der oben aufgeführten Menge dazu. Auf etwas mehr oder weniger kommt es nicht an, viel kann auch bei Überdosierung nicht passieren. Aber Vorsicht mit der Nelke, davon lieber etwas weniger, denn dieses Gewürz ist kräftig und hat irgendwie einen weihnachtlichen Geschmack. Nun wird alles in den Darm gefüllt. Gut eignet sich dafür der Bratdarm (Dünndarm) des Schweins, den man sich beim Metzger besorgen kann.

Schwartenmagen

Nehme die Zunge, Herz und Schwarten, auch wenn man will, noch eine Kalbszunge und Herz, auch etwas weniges Fleisch, aber weder Speck, noch Fett oder Wecken; hacke alles klein, tue ziemlich Muscatennuß und Blüth, Nägelein, Pfeffer, Ingwer und Salz, Thymian, Majoran und eine Handvoll Blut dazu, fülle die Würste und lege sie in einen Kessel, unter welchem kein scharfes Feuer brennen, auch das Wasser darinnen nicht sieden darf, sonst springen sie auf. Man kann einen Bindfaden an die Würste binden, damit man oft darnach sehen, und mit einer Spicknadel darein stechen kann.

Wann die Würste gesotten haben, und aus dem Kessel kommen, muß man sie sogleich beschweren, aber nicht hart, daß sie nicht aufspringen; nach diesem trockne sie wohl ab, und hänge sie eine Zeitlang in den Rauch, bis sie recht sind.

Die Fleischteile werden alle in schwach gesalzenem Wasser wie Metzelsuppe gekocht. Ist der Schweinskopf weich und löst sich das Fleisch vom Knochen, wird es abgelöst, wobei man auf Splitter achten muss. Die Fleischteile werden in dünne Streifen geschnitten.

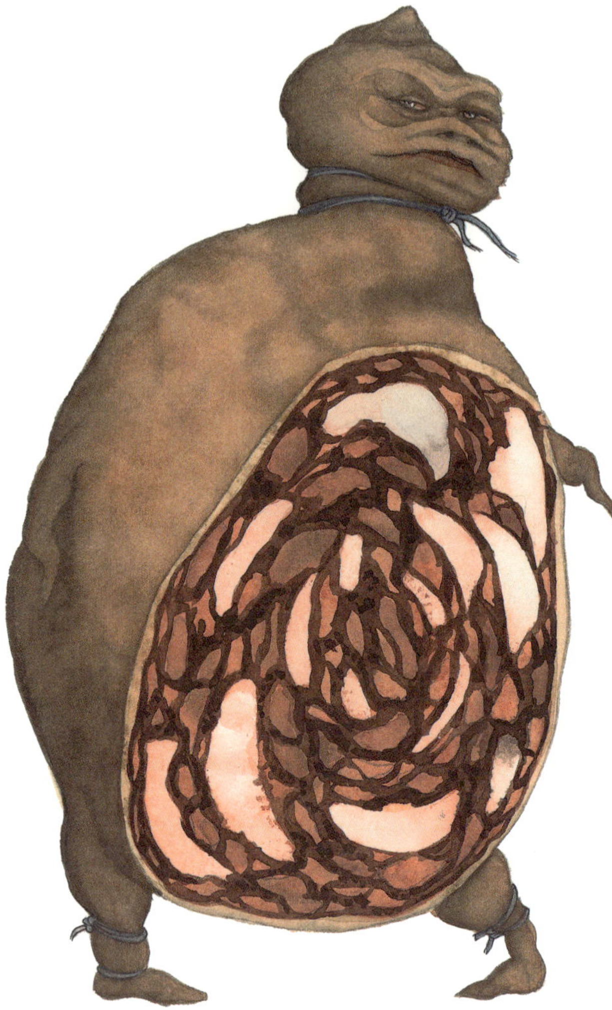

Die möglichst weich gekochten Schwarten mit den gebratenen Zwiebeln (Öl absieben und weggeben) durch den Fleischwolf drehen. Nun alles zusammen in eine Schüssel und die Gewürze einstreuen. Das Blut wird angewärmt und auch ins Gemenge gegossen. Alles sollte ziemlich warm sein, denn abgekühlt wird die Masse fest und lässt sich nur schwer in die Därme füllen. Zum Schluss wird abgeschmeckt. Kommt uns der Schwartenmagen etwas zu salzig vor, wäre das optimal. Diese Wurst wird ja kalt gegessen, und alles was in warmem Zustand richtig gesalzen ist, wird kalt zu fade schmecken.

Zutaten für 4 Personen

1/2	Schweinskopf mit Backe
500 g	Schwarte, entfettet
1	Schweinsherz
1	Schweinezunge
1	Kalbszunge
3 Tassen	Schweineblut
20 g	Pökelsalz auf ein Kilo
1/2 TL	frischgemahlenen schwarzen Pfeffer
1/2 TL	Piment
2 MS	Nelke
1 EL	Majoran gerebelt
1 TL	Majoran
3 MS	Muskatblüte
3	Zwiebeln in Scheiben geschnitten, in Öl geröstet
1/2 TL	Ingwerpulver

Orpheus in der Würstchenwelt

Heinz Ketchup nennt sich »Schampus für Würstchen«

Wenn man mit Vornamen Heinz heißt, ist das weder besonders toll noch besonders tragisch. Wenn aber der Nachname Ketchup lautet, wird die Sache bedenklich.

Heinz Ketchup ist ein aufdringlicher Mann, der sich gern auf möglichst großen Plakaten sieht. Dabei versucht er zwanghaft, lustig zu sein; dass ihm gerade das stets misslingt, macht ihm nichts aus, solange er nur gesehen wird. Der bislang peinlichste Versuch von Heinz Ketchup, für sich Reklame zu machen, ging so: In einer Großkampagne bezeichnete sich Heinz Ketchup als »Schampus für Würstchen«.

»Schampus für Würstchen« – es ist nicht zu singen und nicht zu sagen. Stieg Orpheus in die Würstchenwelt hinab? »Schampus für Würstchen« – wie weh darf man tun? Sollte nicht jeder, der ohne Not das Proleten-, Aufsteiger- und Aufschneiderwort »Schampus« im rohen Munde führt, von der zähen Last seiner Existenz befreit werden? Wie auch jene, die sich eine Caipirinha als »Caipi« bestellen und Restaurants »Restos« nennen? Und wer ist im »Schampus für Würstchen«-Falle das Würstchen? Tatsächlich das Erzeugnis aus gut durchgemahlenem Fleischabfall, die in einem Darm endgelagert und als Bock zur Bratwurst gemacht wird? Oder ist das eigentliche Würstchen nicht doch der Auf- und Wegesser eines solchen Produkts?

Heinz Ketchup focht das alles nicht an. Er stand vor dem Spiegel und sah sich an. Er war eine Art Gleitcreme, ein Hilfsmittel beim Würstchenverzehr. »Quetsch mich auf deine Wurst. Sie rutscht dann besser«, säu-

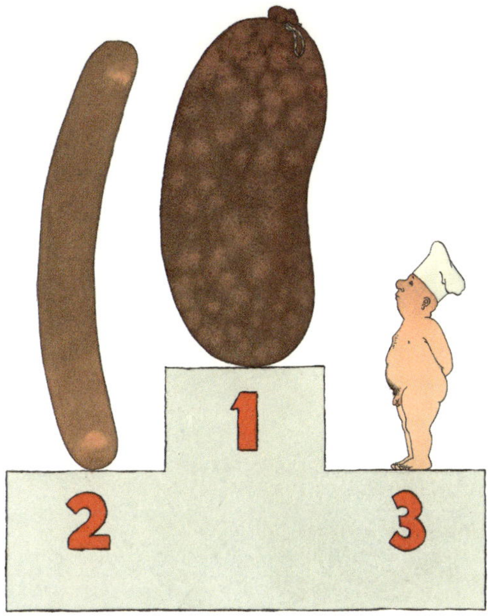

selte Heinz Ketchup kehlig und verzog seine Verschlussklappe zu einem Lächeln, das er für verführerisch hielt. Manchmal klappte das sogar, der Kunde zahlte, und Heinz Ketchup verschwand in einer dunklen Einkaufstasche.

Dort wartete schon sein bester Freund, Brat Würstchen. Zusammen würden die beiden eine heiße Grillparty feiern und so richtig dufte aufeinander kaputt gehen, Heinz Ketchup & Brat Würstchen, gemeinsam mit Marianne & Michael, Cindy & Bert, Hauff & Henkler, Nina & Mike, Heckler & Koch, Müntefering & Merkel, Schobert & Black & Decker und all den anderen Wurstkollegen – so lange, bis ein ordentlicher Schluck Bier die Würstchen und ihren heinzigen Schampus einen menschlichen Schlund hinabspülen würde, zu ihrer letzten Ruhestätte.

Boudin Noir nach Escoffier

Eines der berühmtesten französischen Kochbücher (1003 Seiten) wird kurz angebunden Ali-Bab genannt. Ali-Bab, mit bürgerlichem Namen Henri Babinski, war Initiator einer Gemeinschaftsproduktion der berühmtesten Köche der Jahrhundertwende. Escoffier lieferte Rezepte, Prosper Montagné, H. P. Pellaprat und Urbain-Dubois waren auch mit von der Partie. Die Manuskripte kamen lange nicht zu einem Buch zusammen, erst 1949 folgte die Drucklegung bei Flammarion in Paris.

Escoffier hat bis heute einen Ruf wie Donnerhall, aber seine Komplizen waren für die Entwicklung der französischen Kochkunst nicht weniger wichtig. Auguste Escoffier, von dem bekannt ist, dass er nur mit teuersten Produkten hantierte, beschäftigte sich mit Blutwürsten? Er, der ein großes Selbstwertgefühl hegte und sogar im damaligen Hotel Adlon in Berlin den Kaiser Wilhelm in die Küche zitierte, hat uns erstaunlicherweise ein Blutwurstrezept hinterlassen.

Der Originaltext lautet folgendermaßen:
In einer Terrine (Schüssel) folgende Zutaten zusammenrühren: 500 g in große Würfel geschnittenen und halb zerlassenen Bauchspeck, 4 dl Schweineblut, 1 dl Sahne, 200 g in Schweineschmalz gedünstete Zwiebeln, 20 g Salz, etwas Pfeffer und Gewürz. Alles gut vermischen, in die Därme füllen, nicht zu fest stopfen, weil die Füllung während des Garziehens aufquillt und die Därme zum Platzen bringen würde; in beliebiger Länge abbinden, auf

einen Weidenrost legen und etwa zwanzig Minuten gar ziehen; das Wasser wieder auf 95 Grad halten. Steigen die Würste an die Oberfläche, sticht man sie mit einer Nadel ein. (Die Würste enthalten Luft, die sonst die Därme zum Platzen bringt.) Die Würste herausnehmen und erkalten lassen. Zum Servieren die Wurst an beiden Enden einschneiden und sehr langsam rösten; mit Sahne angemachtes Kartoffelpüree dazu geben.

Was die Herstellung anbetrifft, so ist das Originalrezept allgemein verständlich bis auf eine Anweisung: Damit die Würste nicht am Topfboden evtl. ansetzen, legte man sie damals auf Weidenroste. Mit einem runden Kuchengitter hat man den gleichen Effekt. Es muss halt am Topfboden irgendetwas gelagert werden, das den direkten Kontakt des zarten Darms mit dem heißen Topfboden verhindert.

Zutaten für 4 Personen

500 g	Bauchspeck in feinen Würfeln
4 dl	Schweineblut
1 dl	Sahne
200 g	fein gewürfelte Zwiebeln
20 g	Meersalz
1/4 TL	schwarzen Pfeffer aus der Mühle
1 TL	Majoran
1/4 TL	Piment
1 MS	Kardamom
1 MS	Nelke

Der Biker, die Bockwurst im zarten Saitling

Spätestens im Mai wird die Zweiradsaison eröffnet. Von unseren Organspendern, den altruistischen Motorradfahrern, soll hier nicht die Rede sein – es geht um unmotorisierte Zweirädrigkeit. Klassisch hieß das Fahrradfahren; jene, die sich darin übten, wurden Fahrradfahrer genannt und bewegten sich in ihrer gewöhnlichen Kleidung. Man sah vollständig und unsportiv würdig angezogene Männer, und man sah Frauen in geblümten oder gepunkteten Kleidern die Straßen entlang radeln. Der warme Wind streichelte ihre Beine, und in ihren glücklichen Gesichtern konnte man sehen, was für ein angenehmes, freies, leichtherziges Gefühl das ist, wenn man sich von schönem Stoff und Frühlingsluft umflattern lässt.

Heute gibt es Bikes und Biker, und so sehen sie auch aus: Kampfmaschinen, die auf Kampfmaschinen hocken. Der Biker ist ein Unisex-Neutrum und -Monstrum und damit genau das, was die moderne Gesellschaft braucht: Krieger gleich welchen Geschlechts, eingezwängt in Gummis und Überzieher, gern bunt leuchtend und hauteng wie der zarte Saitling, in dem die Bockwurst lebt. Der Biker ist die Bockwurst unter den Menschen, nur nicht so schmackhaft. Noch sind nur wenige Menschen dazu bereit, den Biker zu erhitzen und einfach wegzuessen. Das ist bedauerlich, denn dann wäre der Biker fort, und das wäre gut.

Dem Biker ist noch die fieseste Dose Bockwurst vorzuziehen. »Im zarten Saitling«, liest der Bockwurstkäufer über die Bockwurst, und wundert sich: Was ist ein Saitling? Und warum ist er immer zart? Rätsel Saitling, ich will dich lösen: Der Saitling besteht aus Schafsdarm, jenem Material, aus dem traditionell die Saiten von Musikinstrumenten hergestellt wurden. In den Saitendarm füllt der Metzger die Wurst und der Biker sich selbst ab.

In der Sportabteilung eines Kaufhauses oder in einem Biker-Spezial-Shop kauft er den Hochpreisramsch zusammen. Bei paarweise vorkommenden Bikern wird der Partnerlook bevorzugt, damit der Biker weiß: Ah, die da in Schwarz-Rot-Metallic, das ist meine, mit der bike ich heim ins Heim. Obwohl doch jede andere egalweg genauso wäre, aber was wissen Bikerin und Biker von solchen Dingen?

Seinen Murmelkopf, den er ebenfalls im Fachhandel erwarb, schützt der Biker mit einem Helm. Warum? – Es ist doch gar nichts darin, das beschädigt werden könnte. Wozu also der Helm? Möchte der Biker der Welt zeigen, wie wenig Vertrauen in seine eigenen motorischen Fähigkeiten er hat? Oder ist es wegen des Krieges gegen sich selbst und alle anderen, den der Biker verbissen führt? Das weiß der Biker nicht; er weiß nur, dass er seinem Bike niemals eine Klingel oder ein Licht gönnen wird, denn die wiegen ein paar Gramm und kosten also wertvolle Hundertstel.

Es hilft nichts – die öffentliche Belästigung namens Biker kann mit der Methode »gar nicht ignorieren« leider nicht ausgebremst werden. Also werden die Bewohner wurstpellenenger Kampfkleidung abgefangen, in Heißwasserbottichen kurz aufgekocht, anschließend in Senf getunkt und mit allerlei Salat verzehrt – von schönen Fahrradfahrerinnen in schönen Kleidern, unter denen die Südsee zuhause ist.

Dazu reichen wir der Radlerin ein frisches Radler.

Salami – von wegen Holzprügel

Im Grunde ist Salami Trockenwurst, muss also getrocknet werden. In Deutschland ist das nur im Winter oder in speziellen Kühlräumen möglich. Man sollte meinen, dass dies in erster Linie vom Klima abhängt, aber das Hauptproblem sind die Fliegen. Deshalb herrschen bei uns die geräucherten Würste vor. Im Rauch hält es keine Fliege aus. Aber auch in Italien gibt es Fliegen, was bedeutet, dass auch dort nur im Winter die bäuerlichen Salami hergestellt werden. Ich habe mir das mal in Castellina in der Toskana angeschaut, der Agricultore hängte seine gefüllten Därme in den Keller, und das Kellerfenster war präventiv mit einem Fliegengitter versehen. Diese ganze Trocknerei darf auch nicht zu heftig geschehen. Wir wären jetzt beim Hauptproblem. Die Wurst trocknet rasant und sieht wunderbar aus. Die äußere Hülle wird hart und die Feuchtigkeit im Inneren der Wurst kann nicht entweichen.

Dort tobt der Bakterienkrieg, und der stolze Wurstmacher glaubt sich im Glück. Von außen sieht die Salami klasse aus. Irgendwann überkommt uns die Neugierde, wir schneiden glücksschwanger den Prügel an, und dann kommt er, der Blues: Die Salami ist innen faulig. Je dicker die Exemplare, desto langsamer müssen sie trocknen beziehungsweise reifen. Für den Anfänger empfehle ich deshalb dünne Salsicce im Schafsdarm. Sie haben den Durchmesser eines Frankfurter Würstchens, trocknen schnell und gefahrlos. Man könnte sich übrigens einen Fliegenkasten basteln. Mein Vater hatte so ein Ding in der Speisekammer, die immer bei geöffnetem Fenster die Schätze der Gaumenfreuden beherbergte. Es war ein Holzkasten, rundum mit Fliegengitter vernagelt, und eine Seite der Schatzkammer konnte man mit einem Türchen öffnen. Viele Lebensmittel wollen es nämlich gar nicht so kalt, wie wir immer glauben. Uns Kindern war es strengstens verboten, auch nur in die Nähe dieses Tresors zu kommen. Das Utensil ist aus unserer modernen Küche leider verschwunden, seit man sich Bifi-Salami an der Tankstelle besorgen kann.

Immer wieder komme ich wegen familiärer Angelegenheiten ins schweizerische Bergell, das bei Maloja beginnt. Hier in Graubünden entspringt der Rhein, der sich komischerweise deutscher Fluss nennt. Oberhalb des Orts hängen die Würste eines schrulligen Salamiweltmeisters an der Dachrinne. Was heißt schrullig, der Metzger sieht aus, als hätte er vierhundert Jahre ohne Barbiere verbracht, was gut in die Landschaft passt. Doch er ist ein Wurstkünstler und er heißt Giovanoli, weil alle hier so gerufen werden, bis auf eine Minderheit, die auf Negrini hört. Was der kann, das kriege ich auch hin, dachte ich mir und habe mir meine Versuche kurzerhand ans Geländer meines Balkons gehängt. Als Ornithologe hätte ich meine große Freude gehabt. Das muntere Treiben der Piepmätze half mir

Zutaten für 6 Personen

1 kg	Rindfleisch oder Fleisch einer jungen Sau bzw. eines Esels
400 g	fester Schweinebauch
1 TL	Zucker
24 g	Pökelsalz
1 TL	groben, schwarzen Pfeffer
4 cl	Grappa oder 1/8 l Rotwein
1	Knoblauchzehe gequetscht

Schweine-Enddarm für dicke Salami; für Salsicce, also kleine Würstchen nimmt man Saitlinge – in jedem Fall muss es ein atmender Darm sein, also nicht aus undurchlässigem Kunststoff.

Dies sind die Grundzutaten, in Italien werden gerne noch Fenchelkörner untergemengt. Ganze Pfefferkörner können verwendet werden, wer es scharf will, hackt Peperoncini dazu, und gern wird im Piemont oder in der Toskana noch ein Schuss Rotwein zugegeben.

über die trüben Tage des Januar hinweg. Vögel haben keine Ernährungsberater und wissen trotzdem, was gut ist. Vor meinem Terrassenfenster war der Teufel los. Der Engadiner Metzger hatte wohl nur missratene Exemplare an seine Holzscheune gehängt, um neben den Gebirgsdohlen auch Kundschaft anzulocken.

Nun haben wir ausgiebig über wehrlose Vögel, ausgelieferte Würste und deren Trocknerei geredet, die, um es kurz noch einmal zu rekapitulieren, nicht zu schnell vonstatten gehen sollte. Als ich mit meiner Salamiwursterei begann, hatte ich bald kapiert, dass sich Salami in embryonalem Zustand, feucht, weich und geschmeidig, ad hoc vertilgen lässt. Erinnert sie anfangs an grobe Mettwurst, wird sie von Woche zu Woche intensiver.

So beginnt das Abenteuer. Wir gehen zum Metzger des Vertrauens. Das bedeutet, dass er nicht so geldgierig sein sollte, uns zu junges, nasses Fleisch zu verkaufen. Da die Metzger auch mit den Supermärkten konkurrieren müssen, wird hier häufig nach der Melodie Geiz ist geil hantiert und gedealt. Ein Kilo frisch geschlachtetes Fleisch verliert beim Abhängen im Kühlraum täglich ungefähr 5 Prozent Feuchtigkeit, wird also von Tag zu Tag leichter. Wann endlich wird dem Verbraucher ins Hirn gedrückt, dass nach vierzehn Tagen des Abhängens das Fleisch um 25 Prozent teurer sein müsste, will der Metzger nicht ins Armenhaus kommen?

Wir wursten weiter: Der Schweinebauch wird gleich beim Metzger so vorbereitet, dass er keine Knorpel mehr enthält und auch die weichen Fettteile entfernt sind. Das Schöne an einer Salami ist ja, dass man wirklich sieht, was drin ist.

Fettstückchen schauen uns an, und wir können hundertprozentig davon ausgehen, dass, egal wie fett uns die Wurst dünkt, sie in jedem Falle weniger Fett hat als die Currywurst. Wenn ich ehrlich bin, ich fürchte mich vor gar nichts, mit einer Einschränkung: versteckte Fette! Diese Aura des Ungewissen, diese Ahnungs- und völlige Navigationslosigkeit, einfach nicht zu wissen, was Sache ist, für mich ist das ein apokalyptischer Zustand. Mir kommt das vor wie in einem kilometerlangen Höhlenlabyrinth herumzutapern, was heißt hier Höhle? Es ist, wie in einem hallenartigen fetten Mastdarm herumzuglitschen und den Ausgang nicht zu finden.

Ab und an führte Vater uns zu einer entfernt verwandten Drecksau, um uns gegen Dünkel zu feien.

Bei der Herstellung der anderen Würste dieses Buchs geht es letztlich immer um die Bindung, also das, was den Hackbraten von einem Leberkäse unterscheidet. Bei der Salami sollte nicht so viel Bindung angestrebt werden. Eine zu dichte, zu innig verbundene Wurstmasse wäre zu undurchlässig, um die innere Feuchtigkeit entweichen zu lassen. Deshalb kneten wir nicht wie die Verrückten, machen also nicht die Leibesübungen wie bei den Brüh- und Bratwürsten. So bleibt das Brät durchlässig. Es geht im Grunde darum, dass die Wurstmasse gleichmäßig trocknet. Würden wir das Fett zu weich, zu cremig wählen, es dann womöglich noch durch den Wolf drehen, würde die Masse verkleistern und so die Wurst undurchdringlich machen.

Damit das nicht passiert, wird das magere Fleisch leicht angefroren durch den Wolf gedreht und das Fett, ebenso angefroren, von Hand in feine Würfelchen geschnitten. Gewolftes Fett hat die Konsistenz von Fugenmasse und schottet den Feuchtigkeitstransport dermaßen ab, dass die Wurst nur im äußeren Bereich trocknen könnte. Der Zucker dient der Milchsäuregärung, welche man auch als Reifung der Wurst bezeichnet. Also, alles wird durchgeknetet. Man kann die Würste auch verschiedenartig würzen, kann Fenchelsamen hineingeben, kann mit Thymianblättchen alles verfeinern, groben Pfeffer dazugeben. Ist alles schön vermengt, dann pressen wir das Brät in Schweins-Enddärme und hängen sie an einen kühlen, mückenfreien Ort. Nach einer Woche kann man schon davon essen, mit jeder Woche verändert sich der Geschmack. Ob er besser wird? Jedenfalls lieben die Italiener die Würste lieber weich als holzprügelhaft hart. Deshalb liebe ich auch Salami und mag keine deutsche Hartwurst.

Wo die Wurst den Tag umarmt I

Die Wurst in Literatur und Filmkunst

Die Wurst ist ein einsamer Jäger
Wenn die Würste Trauer tragen
Wurst in Venedig
Wanderung durch die Wurst Brandenburg
Einer trage des anderen Wurst
Wie die Wurst gehärtet wurde
Die Phantome des Wurstmachers
Kleine Wurst, was nun?
Old Wursthand
Ali Baba und die 40 Würste

Effi Wurst
Würste, wollt ihr ewig leben?
Der Stoff, aus dem die Würste sind
Wenn das Wurstbrot zweimal klingelt
Wurst auf unserer Haut
Marx / Engels: Gesammelte Würste
Wurst und Elend des Dritten Reiches
Mackie Wurstmesser
Der alte Mann und die Wurst
Die Wurst im Nacken

Wurst ohne Namen
Wurst ohne Wiederkehr
Die Wurst hat tausend Augen
Eine Wurst will nach oben
Wurst unter Würsten
Alte Wurst geht auf die Reise
Die bleierne Wurst
Der Gott der kleinen Würste
Sissy – Schicksalsjahre einer Würstin
Im Laufe der Wurst

Wurst über Berlin
Eines Menschen Wurst
Die geteilte Wurst (von Christa Wurst)
Die Wurst mit der Feile
Acht Würste sind kein Tag
Elf Würste sollt ihr sein
Die nächste Wurst ist immer die schwerste
Elementarwürstchen
Die Würste meiner Mutter
Die Wurst der stillen Jahre

Wurst ohne Hüter
Ansichten einer Wurst
Wurst und Vorurteil
Spiel mir die Wurst vom Tod
Würste pflastern seinen Weg
Vier Würste für ein Halleluja
Wurst unter Einfluss

Gemüseeintopf mit Brätklößchen

Am Hühnersuppentopf könnte man das Wesen der französischen Küche festmachen. »Je veux que le dimanche chaque paysan ait sa poule au pot« (»Ich wünsche, dass sonntags jeder Bauer sein Huhn im Topf hat«), dieser Ausspruch stammt aus einer Regierungserklärung Heinrichs IV. Das war vor etwa vierhundert Jahren. Seitdem sind in Frankreich viele Eintöpfe angebrannt. Trotzdem hat sich der Respekt vor dieser Art des Kochens, nämlich »in einem Topf«, bis heute so bewahrt. Soll ein Eintopf auf die Speisekarte, so neige ich dazu, diesen »Pot au feu« zu nennen. Eintopf, beispielsweise vom Kürbis, bestellt kein Gast, aber Pot au feu vom Muskatkürbis ist der Renner.

Deutsche Eintöpfe kommen aus einer ziemlich genussfeindlichen Ecke. Die Lieblingsspeise eines gewissen General Scharnhorst war der Eintopf. Im Jahre 1807 rief er aus: »Warum der Töpfe, wenn einer genügt!« Tja, wenn die Militärs die Küche übernehmen … Da war es nur noch ein kleiner Schritt zur Gulaschkanone, und alles, was der Koch in die Hände bekam, wurde gleichzeitig ins Gebrodel geworfen. Ist der Ruf erst ruiniert, dann lebt es sich ganz ungeniert. Der Eintopf ist seither ein Synonym für Chaos, für wildes Durcheinander. Er rangiert in der Hierarchie der Speisen ganz unten, weil »Vermischtes« noch nie in gutem Ruf stand. Was woanders, ich denke an den »Irish Stew« oder den Rindertopf der Gauchos, ein nationales Kulturgut sein kann, wurde mit dem Eintopf-Sonntag der Nazizeit zum kollektiven Mittagsgrausen.

In Deutschland gibt es grob gerechnet über siebzig verschiedene Eintöpfe, während Frankreich sich nur auf sechs beschränkt und Italien mit nur vier »Stufati« zurechtkommen muss.

Eintopfmäßig könnte man das Gericht als kulinarische Erkennungsmelodie der Deutschen bezeichnen. War doch bis vor einigen Jahrzehnten unsere Küche trotz der zahlreichen Eintöpfe nicht gerade euphorisch beleumundet – oder wurden wir gerade wegen der Eintöpfe, dem Stampf und Mampf von der Nordsee bis zum Bodensee, von unseren Nachbarländern bemitleidet? Gut möglich. Aber es lag nicht am Eintopf, sondern an der Küchenschlamperei, die dieses Gericht hinnehmen musste.

Kulinarisch ist der Eintopf ganz und gar keine Niete. Er muss auch nicht nur aus billigen Zutaten komponiert sein. Vielleicht kommt er in unseren Tagen wieder zu Ehren, weil wir Besseres in den Topf geben und dem Kochen allgemein mehr Aufmerksamkeit schenken als bisher. Ja, Aufmerksamkeit, das benötigt dieses Gericht.

Mögen die Ingredienzien preiswert sein, die exakten Garzeiten sind entscheidend. Niemand käme auf die Idee, eine Bouillabaisse zu Matsch zu zerkochen. Was der Fisch nicht verträgt, das bekommt auch dem Gemüse nicht. Da jedes Gemüse eine andere Garzeit hat, müssen sie auch in zeitlichen Abständen in den Topf befördert werden. Zuerst das Harte, beispielsweise die Rinderschulter, dann die Sellerieknolle, Karotte und Petersilienwurzel. Wenig später die Kartoffeln und kurz vor dem Anrichten erst der Lauch und der Schnittlauch. Kurz gekochter Lauch, das haben wir mit der asiatischen Küche gelernt, behält seine Farbe, bleibt knackig und ist leichter bekömmlich als weichgematscht und in Nato-Oliv. Kurz und gut, am Schluss noch dünne, feste Spätzle dazu, und fertig wäre der »Gaißburger Marsch«, mein Lieblingsgericht.

Solche Speisen köcheln unter dem Großbegriff »Einfache Küche«, und da »steckt die Möhre im Dreck«! Eintopf ist alles andere als einfache

Küche. Viel leichter ist es, einen Hummer fünf Minuten in heißes Wasser zu halten, zu halbieren, mit Limonen-Olivenöl zu beträufeln und sich dann als »Koch des Jahres« feiern zu lassen. Küche diente immer auch als Statussymbol und zur Demonstration von Fallhöhe. Der Eintopf machte da immer eine schlechte Figur, und das muss anders werden. Stehen die Franzosen unter dem Diktat des gallischen Hahns, so müsste logischerweise ein echter deutscher Eintopf mit Wurst zubereitet sein. So ist es auch. Viele Varianten, von den gerauchten Würsten bis hin zu den Frankfurter Würstchen, powern das echte »Stufato teutonico«. Wir machen unseren Eintopf aber total hausgemacht, deshalb besorgen wir uns bestes Gemüse und machen unser Brät selbst.

Man kann Gemüse verwenden, das gerade zur Hand ist und, ganz wichtig, momentan Saison hat. Entscheidend ist die Garzeit. Ich orientiere mich immer an der Kartoffel, die ungefähr zwanzig Minuten braucht, bis sie gar ist. Die meisten Gemüse benötigen dieselbe Zeit. Kohl braucht länger, aber Wirsing, Karotten, Sellerie, Steckrüben, Fenchel usw. sind in zwanzig Minuten gar. Tomaten, Spinat, alle Blattgemüse sind innerhalb weniger Minuten fertig, auch der Lauch.

Zutaten für 2 Personen

1/2 l	Fleischbrühe
1	Karotte
1/2	Steckrübe
1/2	Sellerieknolle
1	Bund Petersilie (nach Möglichkeit Blattpetersilie)
1/2	Stange Lauch
1	Schalotte
1	Zweig frischer Thymian oder etwas getrockneter Muskat

Die Fleischbrühe (oder Gemüse-Instantbrühe aus dem Bioladen) zum Kochen bringen und das Gemüse gewürfelt nacheinander zur Brühe geben. Erst den Thymianzweig, die Karotte, Steckrübe und Sellerieknolle und nach fünfzehn Minuten den Lauch und die Schalotten dazugeben. Einen Hauch Muskat hineinreiben. Nach zwanzig Minuten ist alles fertig, und wir geben die feingehackte Petersilie dazu. Mit Salz und Pfeffer abschmecken.

Der Eintopf ist bereits so eine Köstlichkeit und hat seinen Charme von der kurzen Zubereitung. Noch besser wird alles mit den Brätklößchen.

Brätklößchen

100 g	Schweinehack (meine Empfehlung wäre, dass man sich nicht fertiges Hackfleisch kauft, sondern sich beim Metzger ein Stückchen Schweinehals durchwolfen lässt, dann weiß man, was man hat)
2 EL	Milch
	Salz
	schwarzer Pfeffer
	ein Hauch Muskat
	etwas Thymian

Alle Zutaten müssen sehr kalt sein. Das Hackfleisch in eine Schüssel geben, die Milch, zwei Messerspitzen Salz, etwas Pfeffer, Thymian und Muskat dazu und alles so lange kneten, bis eine zähe, innig verbundene Masse entsteht. So wird aus Hackfleisch ruckzuck Fleischbrät. Bei frischem Fleisch benötigt man kein Ei zur Verbindung. Deshalb muss man beim Einkaufen darauf achten, dass es sich nicht um vakuumierte Ware, sondern um frisches Fleisch handelt.

Die Hl. Martha führt den Tod mit Blutwurst in Versuchung

Kronenhalle in Zürich

Die Kronenhalle in Zürich, gleich am Bellevueplatz gelegen, ist beileibe kein normales Gasthaus. Sie ist auch kein Restaurant. Sicher, wer das erste Mal hier andockt, sieht all die Insignien, die einen gediegenen Speisesaal ausmachen: Edles, altes Holz von herrschaftlicher Ausstrahlung, und quer den Raum zur Küche abschließend macht sich ein Buffet von gewaltigen Ausmaßen breit. Sparsame Ornamente des Jugendstils sind ins dunkle Mahagoni eingelassen und wie die ganze Örtlichkeit von unzähligen teuren Havannazigarren imprägniert. Hinterm Tresen hantiert mit kurzen Handgriffen eine feine Dame in weißer Bluse, schwarzen Haaren und kardinalroten vollen Lippen. Sie sieht nach dem Rechten, schenkt immer wieder ein Glas Bier ein, richtet die Weine in den Silberkühlern und wischt ständig mit einem Tuch ihren Kommandostand. Hier hantiert professionelles Personal, ist seit Jahren, wenn nicht Jahrzehnten Teil des Ganzen. Es liegt etwas Erhabenes im Speisenduft. Es riecht nicht nach Fritüre, sondern nach Boeuf Bourgignon und gehobenem Bürgertum der besonders feinen Art. Gedämpftes Gemurmel hängt im Raum, und aus irgendeiner Ecke mäandert ein dünner Faden Havannarauch über die Köpfe der Gesellschaft.

Seit dreißig Jahren komme ich hierher. Erst lasse ich das Voiture vorfahren. Nach wie vor ist es spannend, wenn der wie ein Pinguin befrackte Ober die silberne Cloche dieses beheizten Servicewagens lupft, um vielleicht ein Stück Roastbeef abzusäbeln. Jeden Tag kommt aus diesem uralten gedrechselten Fahrzeug eine andere Köstlichkeit: mal Hähnchen, mal Kalbshaxe, mal Bollito Misto, also gemischtes Gekochtes von Rind, Huhn oder Kalb. Mal wurde an der Speise das Würzen vergessen, mal ist alles etwas ausgekühlt. Der Wagen ist ein kulinarisches Abenteuer und die reine Freude für Leute, die ihr Genussstreben nicht von Kleinlichkeiten beinträchtigen lassen.

Die Gäste hier sind genauso delikat, fahren mit dem Golf vor und lassen ihren Bentley der damit verbandelten Umstände wegen brav zu Hause an der Goldküste des Zürichsees. Hier bin ich in der Kantine der Bankiers, Erben und sonstigen Glückspilze. Es ist ein Ort der wertkonservativen Vernunft, der Futterplatz von Leuten und Stammgästen, die vielleicht nicht alle ausnahmslos mit Anstand ihr Geld verdient haben, aber – was weit schwieriger ist – es mit Anstand und Grandezza auszugeben gelernt haben.

James Joyce war auch so einer, trieb seine erste Verlegerin Sylvia Beach vor Kummer in den Tod. Die Mehrzahl der Esser, auch Gottfried Keller und der Maler Arnold Böcklin, waren jedoch formidable Herren von untadeligem Zuschnitt. Friedrich Dürrenmatt vernichtete hier alte Bordeauxweine massenweise.

Diese Gäste haben Duftmarken hinterlassen, welche die Aura des Restaurants ausmachen. Da ich ein ziemlicher Romantiker bin, beschleunigt sich bei mir hier immer der Pulsschlag. Es wird auch daran liegen, dass ein Bild meines Lieblingsmalers Varlin geradezu okkupierend von der Wand grüßt. Es zeigt die verstorbene Wirtin Hulda Zumsteg, die ich noch erleben durfte. Sie residierte immer am ersten Tisch nahe des Ausschanks, direkt an der Einflugschneise zur Küche. Ziemlich alt, schick und in tadelloser Haute Couture, gehöht von einem überschallroten Mündchen, sog sie sich den Burgunder in die Öse. Die Bouteille überließ sie nicht der Gewalt ihrer Angestellten. Sie wurde basisabsolutistisch so positioniert, dass sie als Selbstversorgerin die Rituale des Servicepersonals unterlaufen konnte und so den späten Erziehungsversuchen der Ober entronn. Sie glich einer von den Schrammen des Lebens schraffierten Alabasterfigur und trug eine dickfette schwarze Brille auf der schmalen Aristokratennase. Dieses Nasenfahrrad hatte es buchstäblich in sich: Es war eine Brille von Dior, mit in den Seitenbügeln eingelassenen Viertelkarätern. Wer Madame Gesellschaft leisten durfte, musste ihren hohen Ansprüchen an die Zahlungsfähigkeit genügen oder Künstler oder sonstiges Genie von Esprit sein. Keinesfalls genügte ein Schweizer Pass und die Titulation des exzellent alimentierten Stammgasts.

Die restlichen Tische waren und sind ebenfalls in Erbpacht. Kulinarische Wiederholungstäter besitzen ein Anrecht, soweit sie sich jahrelang hochgedient haben, unter einem liebgewonnenen Gemälde Platz nehmen zu dürfen. Die Gemäldesammlung ist berühmt. Man staunt, dass Kunsträuber sich hier nicht ein Stelldichein geben. Die Gästeschar lagert vielleicht unter einem Mirò oder Picasso. In der Bar sind die Leuchter von Dino und Alberto Giacometti geschaffen, und ganz beiläufig hängen hier noch Georges Braque, Chagall, Varlin und Konsorten.

Ganz klar, ein Gelegenheitsklient kann sich hier nicht an irgendeine der vier Wände pflanzen. Ich sitze also mitten im Saal und habe ansonsten einen guten Ausblick. Die Sicht auf Varlins Portrait der Hulda Zumsteg ist allerdings teilweise verstellt. Eine ihr ähnelnde, distinguierte Dame mit hochtoupierter Frisur vagabundiert ständig durch die Optik. Im strengen Kostüm, hochgeschlossen und mit einigen Reihen Solitärperlen um den schlanken Hals, wiegt sie ihren Kopf und träumt ins Unendliche. Sie ist von einer Gepflegtheit, dass man sich eine solche Oma wünschen würde. Man hätte sicher ausgesorgt. Der ihr gegenüber sitzende, gut gefüllte Maßanzug ließ sicher schon manchen sehnsüchtig an Adoption denken. Der Diamant auf seiner Krawatte funkelt etwas widerspenstig.

Kleine Wurstgöttin

Man merkt, beide Fossile sind bestrebt, nicht aufzufallen, so wie es sich für Leute von altem Geld geziemt.

Ich lasse mir aus der Voiture etwas Poulet nachlegen. Seit eineinhalb Stunden bin ich am Trinken und Schnabulieren. Die kulinarischen Seniorpartner am Nebentisch, die mir die Sicht auf »mein« Gemälde behindern, sind schon länger da. Ein kleiner Teller nach dem anderen wird dort von den Kellnern ins weiße Leinen gestellt. Bon appétit, wird gewünscht, und nie wurde der Gruß des Servierenden erwidert. Sind sie stumm? Die ganze lange Zeit fällt kein Wort. Gar eine Erbkrankheit? Sie wirken nicht verbittert oder hassen sich, was man oft bei diesen Jahrgängen beobachten kann. Nein, gegenseitiger Degout ist nicht der sonst so übliche Kitt ihrer Gemeinsamkeit. So wird es sein, meine Oma sagte immer: »Irgendwann mal ist alles geschwätzt!«

Die Frau mit der Hochfrisur (sie hat auch ungewöhnlich lange Ohrläppchen) und ihr Mann, beide schauen auf. St. Galler Würste werden serviert, eine Spezialität des Hauses, mit Kartoffelrösti als gehaltvollem Geleit. Bon appétit, murmelt der Kellner aufs Neue und bekommt wiederum keine Antwort. Das Wurstpaar wirkt etwas ermattet, saturiert. Die ganze Schweiz kommt mir so vor. Wen wundert's? Kürzlich las ich, die Schweizer verzehren im Durchschnitt dreizehn solcher Wurstprügel per anno, Babys, Kinder und Zahnlose eingerechnet. »Hallo, Grüetzi!«, denke ich mir. Das sind keine Würstchen da drüben am Tisch. Unter dem Gemälde fährt nämlich Silberbesteck in zwanzig Zentimeter lange, zeppelinartige Gebilde. St. Galler Kalbsbratwürste sind ein Kulturgut.

Nicht alle lieben die Schweizer so wie ich. Man mag über sie denken, was man will: Ein Volk, das solche Würste füllt und abdreht, kann nicht ganz schlecht sein. Brust und Schulter vom Kalb, kernigen Hals- und Nackenspeck von der Sau nimmt der St. Galler Metzger. Hinzu kommen frische Milch, Pfeffer und Macis (Muskatblüte, das Netzchen, das die Muskatnuss umschließt) und Pökelsalz. Diese Melange wird im Blitzhacker mit propellerartigen Messern zu Brät vermixt und in Schweinsdärme aus China gedrückt. Anschließend landen sie weißrosa schimmernd im 74 Grad heißen Wurstkessel. Wäre die Kronenhalle in St. Gallen, dann wäre es für die Wurst der segensreichste Abgang, denn sie schmeckt tagesfrisch am besten. Die Kronenhalle ist allerdings sehr immobil, und das Publikum noch mehr. Also hat sich die Wurst gefälligst auf die Reise zu machen. Ihr kann es auch egal sein, wo sie verzehrt wird. Außerdem haben auch die Züricher ein wenig Anspruch auf Glück. Am Nebentisch scheint es angekommen. Der Kellner räumt mit gekonntem Schwung, nicht zu schnell und nicht zu langsam, die Teller ab. Schweigend sammelt er übriges Besteck und die Pfeffer-Salz-Menage ein. Der gut gefüllte Maßanzug lehnt sich zurück und gibt nun endlich, nach der stundenlangen Musik des Besteck- und Tellerklapperns, einen menschlichen Laut von sich. Er bläst wie ein Wal. Der Kellner hält inne, als erwarte er die Götterdämmerung. Ich schaue gebannt. Dort drüben scheint die Zeit stehen zu bleiben. Gespenstische Ruhe lagert schwer über dem Tisch, ganz so, wie man es von gewaltigen Naturereignissen kennt. Der Moment der Starre löst sich. Der Maßanzug richtet sich in seinem Fauteuil auf, öffnet den Mund, die Basedow-Augen tränen vor angestrengter Sättigung, der Atem rasselt, und er spricht: »Wenn jetzt no öppis chonnt, dann muess i chotza!«

Hirnwurst nach Henriette Davidis, 1845

Man soll immer das essen, was man nicht hat

»Man zieht von dem ausgewässerten Gehirn die Haut, nimmt etwas gutes, feingehacktes, fettes, rohes Mettfleisch und hackt beides zusammen durch. Dann weicht man den vierten Teil soviel Weißbrot ohne Kruste in fette Fleischbrühe, drückt es aus, gibt solches, nebst Muskatnuß, Salz, Nelkenpfeffer und in Butter gebratenen und durch ein Sieb gerührten Zwiebeln zu dem Fleisch, mischt alles wohl untereinander und füllt es nicht zu fest in dünne Därme. Die Wurst wird frisch mit Butter gelb gebraten oder auf braunem Kohl gar gekocht.« So weit die Angaben des berühmtesten deutschen Kochbuchs, das bereits 1904 in der einundvierzigsten Auflage erschien.

Alte Kochbücher wendeten sich in der Regel nur an Berufsköchinnen, Hardcore-Hausfrauen, Gesinde und sonstiges Servicepersonal. Man merkt den Rezepten an, dass gewisse Kenntnisse vorausgesetzt wurden. Für den Kochkundigen sind solche groben Angaben wesentlich angenehmer als die abgezirkelten Maßeinheiten, die letztlich von den Zusammenhängen ablenken. Außerdem ist Kochen eine höchst unpräzise oder netter gesagt freiheitliche Tätigkeit. Komplexe Umstände führen auch dazu, dass ein exaktes Rezept durch Zutaten mit leichten Abweichungen (kein Rettich ist wie der andere) immer und ständig ein abweichendes Ergebnis bringt, egal wie viel dutzend Mal man das Gericht gekocht hat.

Die moderne Rezeptschreibung hat sich präzisere Angaben zu Eigen gemacht. Deshalb nun eine freie Interpretation, die den Sachverhalt hoffentlich leichter verständlich macht.

Sicher kennen wir alle von unserem Metzgerladen die Gelbwurst. Das ist heutzutage nichts anderes als eine ohne Pökelsalz hergestellte Lyonerwurst. Ursprünglich war Gelbwurst immer mit Hirn gepowert. Hier haben wir eine der damaligen Zeit entsprechende grobe Version. Sicher gab es auch sehr fein verarbeitete Arten, diese waren aber insofern mühsam, weil das Fleisch in einem Mörser endlos feingestampft werden musste. Nun aber los.

Fleisch und Speck durch den Fleischwolf lassen und das Hirn gleich hinterher. Die Zwiebeln werden in etwas Öl weichgedämpft und mit der Fleischbrühe vermixt, danach kommt das Brot dazu. Ist es vollgesogen, kommt es zum Fleisch und alle anderen Zutaten auch. Wir geben nun alles in den Tiefkühler und machen kurze Pause. Wenn alles gut durchgekühlt ist, dann wird wieder auf Teufel komm raus geknetet, bis man Armkrämpfe kriegt. Es dürfen gerne zehn Minuten sein.

Wir nehmen wieder die kinderarmdicken Schweine-Enddärme, die wir gut gewässert und ausgespült haben, und füllen unser Brät hinein. Bei 75 Grad in leicht gesalzenem Wasser ungefähr zwanzig Minuten ziehen lassen. Danach die Dinger ins Waschbecken geben und weitere zwanzig Minuten in kaltem Wasser dümpeln lassen. Danach ab in den Kühlschrank.

Zutaten für 4 Personen

250 g	Schweinerückenspeck
500 g	fettes, sehnenfreies Schulterfleisch vom Schwein
500 g	Schweinehirn
400 g	Weißbrot ohne Rinde in sehr dünnen Scheiben
1/2 l	Fleischbrühe
2	Zwiebeln, feingehackt, in Butter gedünstet
1/2 TL	Muskat
2 MS	Nelkenpfeffer (Piment)
20 g	Meersalz

Es bleibt ein Stück Hannover zurück

Hannover. Was für ein Wort! Kundigen wird der Mund trocken, ihr Magen zieht sich zusammen, das Blut fällt ihnen aus dem Gesicht direkt in die Füße. Und doch hat die Stadt, aus der Gerhard Schröder kroch, auch ein Gutes. Man kann sie leicht verlassen. Zugreisende wissen es längst: Hannover ist geradezu ideal zum Umsteigen und Wegsein.

Auf dem Weg nach Bremen wurde ein Hannover-Aufenthalt von 20 Minuten bereits als bedrückend empfunden. Ich erbot mich, etwas

Reiseproviant zu besorgen, und verschwand in den Untiefen des hannöverschen Hauptbahnhofs. Eine Imbissbude lockte mit fiesem Geruch; es gibt diese Tage, an denen man glaubt, so etwas essen zu wollen. Für meine Begleiter erstand ich zwei Hot Dogs: Weichwürstchen im Weichbrötchen, Erzeugnisse, wie sie von wirklicher Wurst und wirklichem Brot nicht weiter entfernt sein könnten. Das Gleiche galt auch für das Ensemble, das ich mir selbst gönnte: eine Bratwurst im aufgeschnittenen Brötchen mit einem Strang hellgelbem Senf drauf.

Die in Aluminiumfolie eingewickelten Hot Dogs in der linken und mein Bratwurstbrötchen in der rechten Hand, ging ich zurück und biss auf dem Weg schon mal ein Stück Wurstriemen ab. Und, weil es so sonderbar schmeckte, gleich noch eins. Kaum dass ich den Bahnsteig erreicht hatte, waren offenbar auch die zwei Wurstbissen beim Magenpförtner angelangt.

Der gab ihnen allerdings einen entschieden abschlägigen Bescheid. Mit Händen und Füßen, das merkte ich nun ebenso plötzlich wie vehement, wehrte sich mein Magen gegen das hochtoxische Wurst-Senf-Gemisch. Es gelang mir, die Reste des Bratwurstbrötchens, die ich noch in der Hand hielt, in einem ihnen angemessenen Aufbewahrungs- und Bestimmungsort zu versenken, den Mülleimer, sodass ich die Rechte wieder frei hatte; ich benötigte sie auch dringend, um mir den Mund zuzuhalten, denn dem Magenpförtner war es ganz offensichtlich gelungen, die Wursthalunken davonzujagen, und nun waren sie auf dem schnellsten Weg ins Freie.

Dagegen hatte ich auch nichts einzuwenden, allerdings: Nicht jetzt, nicht hier!, wie es in diesen Filmen immer heißt. Es war heller Nachmittag, der Bahnsteig mäßig mit Menschen besetzt und ein angenehmer, weil anonymer Ort zur Entsorgung nirgends in Sicht. Wie peinlich, dachte ich; Verzweiflung machte sich in mir breit wie Wurst hinter meinen Zähnen, die ich zusammenbiss wie nie und zur Sicherheit noch die freie Hand davorpresste. Dieser äußerste Verteidigungsdamm, noch hielt er, noch brach er nicht.

Weiterhin die Hot Dogs in der Linken balancierend, taumelte ich den Bahnsteig entlang. Bahnsteig 13 las ich, immer wieder Bahnsteig 13, warum las ich das?, egal, hastete, nur weiter!, nur weiter!, dem Druck kaum mehr standhalten könnend, das Verbundpflaster entlang, bis endlich niemand mehr vor mir zu sehen war und ich zum Stehen kam, um, selbst verwundert über diese Premiere, eine grellgelbe Fontäne in erstaunlich elegant geschwungenem Bogen auf die Bahngleise sich ergießen zu sehen. So musste sich Jesus gefühlt haben, als er sagte: Es ist vollbracht.

Verstohlen prüfte ich, ob mir jemand zugesehen hatte. Anscheinend hatte ich Glück gehabt. Allein eine ältere Dame sah mich mit einem Gesichtsausdruck an, in dem Entsetzen, Angst und Mitgefühl eine verblüffende Ampelkoalition eingingen. Dann kam auch schon der Zug, erleichtert verließ ich Hannover – und sah, ganz entspannt, meinen Reisebegleitern beim Verzehren der Mahlzeit zu, die ich ihnen mitgebracht hatte.

Feine Wurst vom Reh

Wildwürste werden meist als salamiähnliche Erzeugnisse angeboten. Sie schmecken auch fast alle gleich. Das liegt zum einen daran, dass wir eine ganz bestimmte Vorstellung von Wildgeschmack haben. Andererseits scheint es bei Wild ohne Rauchgeschmack kein Essglück zu geben. Diese heftige Aromatisierung hat gute Gründe. Früher war es nicht möglich, Wild sofort ordnungsgemäß zu kühlen. Es hatte also einen spezifischen, etwas gammeligen Geschmack, den man Hautgout nennt. Dieser Hautgout wurde mit vehementem Zweckoptimismus besungen und bejubelt, bis die Welt der Gourmets fest daran glaubte, dass das so sein müsse, sozusagen gottgewollt. Oft wurde das Odeur dermaßen heftig, dass nur starkes Würzen vom Verwesungsgeruch ablenkte. So kam es zu den klassischen Wildgewürzen, den Zugaben von Wacholder, Nelke, Lorbeer, Piment, Kardamom. An die Gewürze gewöhnte man sich, und bis heute ist es kaum möglich, ein Stück Reh zu essen, das wirklich nach Reh schmeckt. Immer ist Gewürz im Spiel, und meinetwegen kann das auch so bleiben. Wir werden also sparsam mit den Ingredienzien umgehen, um den Rehgeschmack nicht zu erschlagen, aber trotzdem durch die Gewürze eine gewisse Abrundung zu bewirken. Außerdem, wir sind bis heute nicht davon frei, Wild muss ein bisschen nach Wacholder schmecken.

Um einen etwas ungewöhnlichen Weg zu gehen, machen wir aus dem Reh keine Roh-, sondern eine Brühwurst. Genauso können wir übrigens auch Fleisch vom Wildschwein oder vom Wildhasen nehmen. Beim Wildhasen kommt man allerdings ohne kräftige Würzung nicht aus.

Fleisch und Fett durch die feine Scheibe des Fleischwolfs drehen. Die gehackten schwarzen Nüsse in ein Sieb geben und unter fließendem Wasser durchwaschen. Gut abtropfen und mit etwas Küchenkrepp trockentupfen.

Die Pistazien und die Milch dazu, den Wacholder mit dem Cognac im Mörser zerreiben und mit den restlichen Gewürzen, den Pistazien, den schwarzen Nüssen und dem Salz zum gehackten Fleisch geben. Die Schüssel kommt nun in den Tiefkühler und bleibt so lange darin, bis die Bestandteile zu gefrieren beginnen.

Nun alles mit der Hand mindestens zehn Minuten durchkneten. Anfangs sieht alles noch nach Hackbraten aus. Wir können aber schön beobachten, wie sich langsam alles innig zu einem zähen Teig verbindet.

Wir füllen das Brät in Schweine-Enddärme ab oder aber als Grillwürstchen in Saitlinge. Das Brühen geschieht bei maximal 75 Grad, wir benötigen also ein Einkochthermometer und sieden die Würste je nach Durchmesser des Darms. Als Faustregel gilt: Pro Zentimeter fünf Minuten Garzeit.

Zutaten für 6 Personen

800 g	Rehkeule entbeint und sehnenfrei
400 g	fetter Schweinehals
300 g	Schweinerückenspeck
20 g	Pökelsalz
1 EL	Bio-Instant-Gemüsebrühe
4	schwarze Nüsse, fein gehackt
1 EL	Pistazien, fein gehackt
1 EL	gemahlener Wacholder
4 cl	Cognac
1/2 l	Milch
2 MS	Piment, fein gemörsert
2 TL	schwarzer Pfeffer aus der Mühle

Bavarian Weißbier-Breakfast

»Dös American breakfast mit soine ganzen vielen Eiern, dös ist was für Weicheier. I geh' zum Frühstück lieber nüber in den Franziskaner. Dös Gasthaus is in Minga und dös kennt in München a jeder und dort wird a Frühmette glesen, die sich g'waschen hat.«

Er spricht langsam und eindringlich, wie man zu einem Kind spricht, das begriffsstutzig ist. So spricht man vorsichtshalber immer in Bayern, weil ja der Rest der Welt als begriffsstutzig gilt. Jakob stammt aus Bayern und sieht auch so aus. Er ist ein Naturwunder und weiß es. Nein, fett ist er nicht, sondern kernig feist. Rote Backen hat er und viele kurze Haare auf seinem gewaltigen Schädel. Mit ungefähr fünfzig Jahren durchfurcht keine einzige Falte seine natürliche Côte-d'Azur-Bräune (»dort drunt'n hob i a Häuserl«).

Mit lustigen Augen turnt er locker aus dem tiefen Sitz seines silbernen Porsche. Man könnte neidisch werden, an ihm ist alles stramm, wie das bei echten Bayern genmäßig so üblich ist. Ja, es gibt in Bayern einen gewissen Wampen-Typ, der sich elastisch bewegt und dem man lebhaften Sex zutraut.

Der Jakob kann vieles, unter anderem ist er Spezialist für vernünftige Entscheidungen. Nun ist es wieder so weit. Das Frühstück im Vier-Jahreszeiten-Hotel hat er sich verkniffen. »Im Vier-Jahreszeiten-Hotel gibt's a exquisites Frühstück, Cellomusik gibt's a no dazu, das kostet alles so viel, dass sich a Studenten-WG damit a Woch'n lang eine Orgie liefern

kann.« Die Preise kommen aber nicht von ungefähr, denn es wird viel geboten. Für Jakob eigentlich zu viel, vor allem zu viel Fades. Also schnappt er mich, und wir wackeln zum Franziskaner hinüber. Sind ja nur hundertfünfzig Meter. Wie er mir eindringlich erklärt, ist dieser Franziskaner der beste Platz Münchens. »Dort kannst du überwintern!«

Dieses Gasthaus, das muss man hinzufügen, ist eigentlich nichts für Anfänger, Colatrinker, kulinarische Automatikfahrer und Beipackzettelleser. Als Vegi wäre man in diesem Münchner Vatikan der Völlerei so überflüssig wie ein Birkenstockträger auf einer Raverparty. Allenfalls könnte man sich dort zur Not mit einer Butterbretzn durchschlagen oder um einen streunenden Serviettenknödel bitten. Völlig fleischlos sind natürlich die gewaltigen Biervorräte des Hauses. Es gibt noch andere schweinfreie Klassiker: eine Kaisersemmel, oder die Roggenschüberl, die kreuzförmig eingeritzt von oben aufgerissen sind und bei denen das Innere mit Kümmel bestreut wird. Klar, Apfelstrudel gibt es auch, aber zu einem »Original Bavarian Breakfast« gehört das eigentlich nicht. Innerhalb der bayerischen Fressoper in zwölf Akten gehört Süßes nicht zum Frühstück oder zur »Brotzeit«, sondern zum finalen Ausstieg, den man auf nachmittags anzusetzen hat und bei dem man nach einem Enzianschnaps schreit.

Noch ist es nicht so weit. Für Jakob und mich hat das Tagwerk erst begonnen. Es ist noch nicht einmal zehn Uhr, trotzdem höchste Zeit für einen bayerischen Frühstückskaffee, und der heißt Weißbier. Nein, keine Litermaß, sondern ein schlankes Halbeglas wird an die Kehle gesetzt. Der Bayer, natürlich auch unser famoser Jakob, ist schließlich keine Kuh. Er säuft nicht, sondern er trinkt mit gutem Zug, wie er das an der Mutterbrust gelernt hat und nie mehr vergaß. Ganz wichtig, beim Trinken neigt man sich etwas nach hinten und beim Essen liegt man nach vorn. Hämisch könnte man noch anfügen, dass man sich beim Arbeiten dann ergonomisch günstig hinzulegen hätte. »Diese Jobs sind auch in Bayern selten«, meint der Jakob. Ich kann viel von ihm lernen: »Wenn du länger als fünf Stunden in der Wirtschaft sitzt, dann darfst nicht auf deinen Beckenknochen hocken. Den Arsch muast entlasten und auf de Schenkeln sitzen. Dös geht am besten, wenn du dich mit den Ellenbogen voll auf den Tisch legst.« Aha, denke ich mir, dieses Insiderwissen könnte mich heute retten.

Älteres Liebespaar

Jetzt ist es kurz nach zehn Uhr, und im Stüberl des Franziskaner wammerln Küchenschwaden, als säße man selbst im Topf. Es gibt auch eine Art von Leberkäseambulanz. Ständig kommen Leute zur Türe rein und wuchten seligen Blicks beachtliche Brocken, von Alufolie geschützt, aus dem tobenden Durcheinander. So ein turbulentes Frühstück habe ich noch nie erlebt. Als ich vor langer Zeit Saucier im Humplmayr war, einem legendären Luxusschuppen und damals die bevorzugte Kantine von Curd Jürgens und Aga Kahn, da kamen unsere Sauciers allesamt vom Franziskaner. Es war schon damals der Hotspot für Bratenkünstler. Morgens um sieben wanderten bereits 20 Spanferkel ins Rohr, der eigene Hausmetzger kämpfte mit Tausenden von Weißwürsten, und Dutzende hinkelsteingroße Leberkäs brummten im Rohr. Das Geschrei der Säue war kaum verstummt, da wurden sie bereits in hungrige Passanten gestopft. Der Koch, der aus dieser Teufelsküche kam, dem musste man nichts mehr über Garzeiten predigen.

Genau deshalb sitzt Jakob hier. Keine Experimente, wenn es um kulinarische Zufuhr geht. Er hat jetzt nach einer kleinen Leberkäsouvertüre eine Schüssel mit Weißwürsten vor sich. Sechs Stück, weniger gibt's nicht. Der Senf dazu ist süß und kommt aus Regensburg. »An Händlmaiersenf musst' drangeben, alles andere ist secondhänd. Dös glaubst oder glaubst's net!« Jakobs Schädel leuchtet, dass man getrost die Lampen hätte löschen können. Der ganze Laden leuchtet, »ein Lärmpegel wie bei einem Länderspiel!«, brülle ich ihm an die stoppelige Backe.

Draußen regnet es, und drinnen herrscht die schiere Pressluft. Jakob ist am Duschen, wie man hier so sagt, die Weißbier kommen im Dreifünfertakt. Alle fünfzehn Minuten. Er hat sich die Weißwurst vorgenommen und legt Wert darauf, dass er kein Zutzler ist. »Dös sand dia Leut, die die Wurscht aussaugen wie ein Baby die Mutterbrust. Todal infantil!« Er schneidet die prallen Dinger an der Seite ein und zieht die Haut ab.

»Egal wos is, tua an Senf drauf!«, grient er apokalyptisch, als kenne er den Text von Max Goldt, einem Dichter, der überall Senf draufgibt, selbst in und auch auf seine Werke. »Der Senf is wichtig, damit der Magen in Aufregung kimmt«, sagt Jakob. Die Wirkung scheint schon einzutreten, denn Jakob spricht etwas keuchend-gepresst. Mein Internist würde sagen, der Patient neige zu Aerophagie, wenn nicht zu Symptomen, die auf drohenden Explosivstuhl schließen lassen. Jakob reißt an einer Kaisersemmel: »Einen Saudurscht kriegt ma hier. Is au a Luft hier drin, schlimmer als im Franz-Josef-selig seiner Lederhos'n.«

Schnell kommt ein Weißbier. »Schau dös Dirndl an, hat dia net a Dekolleté, dass du Feng Shui neu definiern muasst?« Jakob schreit, denn die Frühstücksversammlung läuft hier wie im Inneren eines Turboladers. Ein Lachen und Treiben, wie man sich den Rabelais'schen Orkus vorstellt. In der Tat denke ich laut: »Der schönste Platz der Welt.« Jakob japst, »und der sicherste, do kann mi dia Welt da draußen todal am Orsch lecka!« Am Fenster huschen einige ausgemergelte Wollsockenträger vorbei, und ein japanisches Pärchen presst die Gesichter an die Scheibe. Sie sehen aus, als kämen sie direkt vom Müllerschen Volksbad und hätten vergessen, ihre Badekappen abzunehmen.

»Vincent, 's wird Zeit, dass du a Gschwollene bstellst, dia musst probiern.« Was dann nach kurzer Zeit kommt, ist eine nackte Bratwurst in »Kingsize-Format«. »An Schweinsbraten konnst au ham, aber dafür ist es noch nicht die richtige Zeit. Wenn's zum Regnen aufhört, können mir ja in an Biergarten konvertier'n. Dös aber erscht, wenn's Mittag is. Auf's Mittagessen muaßt de no a bisserl geduld'n, muasst no a bisserl ausharren. Alles auf emol schaffst eh net, des schafft koa Sau, net amol du.«

Wo die Wurst den Tag umarmt II

Die Wurst in Literatur und Filmkunst

The Unwurstables
Die Würstchen auf dem heißen Blechdach
Auf der Suche nach der verlorenen Wurst
(A la recherche de la Wurst perdue)

Die Wurst ist vorbei
Die Wurstritter
Die Würste am Quai
Die Wurst, die vom Himmel fiel
Die vier Würste der Katie Elder
Cape Wurst
Würste übers Land
Wurst war 19
Wurst im roten Kreis
Die Wurst der Sizilianer

Lohn der Wurst
Wurst der Vampire
Die Wurst in der Tasche
La Wurste Vita
Huckleberry Wurst
Die Wurstinsel

Moby Wurst

Das doppelte Würstchen

Die 120 Würste von Sodom

Stille Würste in Clichy

Eins, Zwei, Wurst

Manche mögen Wurst

Die toten Würste von London

Wendekreis des Würstchens

Wurst in Translation

Bei Anruf Wurst

Wurst on Earth
Die Abenteuer des Werner Wurst
Als die Frauen noch Würste hatten
Planet der Würste
Apocalypse Wurst!
The Wurstfather
M – Eine Wurst sucht einen Mörder
Die Dschungelwurst
Reise um die Wurst in 80 Tagen
Die Wurst des Jägers
Die letzte Wurst des Boris Gruschenko
Wurst und Frieden
Drei Würste für Aschenbrödel
Würste kommen um die ganze Welt

Einwürstlein, Zweiwürstlein, Dreiwürstlein
Wurstkäppchen
Rumpelwürstchen
Robin Wurst
Nur das Würstchen war Zeuge
Dressed to Wurst
Würste auf dem Balkon
Keine Lieder über Würste
Über den Würsten von Nizza
Dead Men don't wear Wurst

Blutwurst-Kartoffel-Auflauf

Die Idee zu diesem Gericht kam mir in Paris. In einem Bistro bestellte ich das Tagesessen, und es kam ein Hachis Parmentier. Also Schweinehaschee, das ungefähr so aussieht wie ein Gulasch, den man durch den Wolf gedreht hat. Diese Matsche wird dann abwechselnd mit Kartoffelpüree geschichtet und sieht gar nicht gut aus. Es schmeckte kräftig, und ich war hin und weg. Himmlisch. Mit Schwarzen Blutwürsten dazwischen, dachte ich mir, müsste das Gericht noch mehr Power haben. Ich habe es dann ausprobiert, und wenn man es schön mit gerösteten Zwiebeln besprenkelt anrichtet, dann kann man damit jeden Gourmet vom Kaviar abdrängen.

Wie bei allen einfachen Gerichten, muss im Detail gut gearbeitet werden. Da wäre zuerst das Kartoffelpüree. Taugen die Kartoffeln nichts, hat man schon verloren. Die Kartoffeln schälen, vierteln und in reichlich Salzwasser gut weichkochen. Es ist wichtig, dass die Kartoffelstücke recht groß bleiben. Kleine Kartoffelstückchen garen zwar schneller, aber sie lassen sich

Zutaten für 2 Personen

Kartoffelpüree

250 g	mehlige Kartoffeln (sie sollten wirklich mehligkochend sein)
1/2 l	Milch
30 g	braune Butter
	Pfeffer, Salz, Muskat

Blutwurstfüllung

250g	Blutwurst
3	Zwiebeln
1 EL	Majoran, getrocknet
1	Stange Lauch
1 Bund	Petersilie, fein gehackt
50 g	durchwachsener Speck
2–3	Eier
	Salz, Pfeffer, Muskat
2	Zwiebeln, in dünnen Scheiben
2 EL	Butter

nicht so gut ausdampfen. Die Milch separat auf den Herd stellen und zum Kochen bringen.

Bis die Kartoffeln weich sind, nutzen wir die Zeit und braten die Zwiebeln in Butter goldbraun. Ist dies geschehen, stellen wir sie zur Seite, denn wir benötigen sie erst zum absoluten Finish.

Nach dem Abschütten den Topf mit den Kartoffeln wieder auf den Herd stellen und so lange gut durchschütteln, bis die Kartoffeln fast zerfallen sind und sich viel weißer Kartoffelflaum gebildet hat. Es geht bei dieser Prozedur darum, dass möglichst viel Wasser verdampft. Alles muss möglichst heiß verarbeitet werden.

Die Kartoffeln durch eine Presse drücken, nach und nach ein wenig heiße Milch dazu und mit dem Schneebesen alles durchschlagen. Butter unterarbeiten und evtl. mit Salz nachwürzen, mit der Prise Muskat vollenden.

Zur Butter gibt es noch etwas zu sagen. Frische Butter in den Topf zu werfen bringt zwar Kalorien, aber ansonsten wenig Geschmack. Die Butter muss gebräunt werden und bekommt erst dadurch den wunderbar nussigen Groove.

Die Zwiebeln, Speck, den in Scheiben geschnittenen Lauch in Butter gut anrösten und die gehäuteten Blutwürste in Scheiben geschnitten gleich mit ins Geschehen werfen. Restlos alle Zutaten kommen in die Pfanne. Aufpassen, dass nichts anbrennt. Pfeffer, Salz und Muskat durchmengen, aber vorsichtig mit dem Salz, denn meist sind die Würste ohnehin schon recht salzscharf. Die Wurstscheiben schmelzen, und wir haben einen ziemlich schwarzen Brei in der Pfanne. Ist alles so richtig zäh, dann haben wir es geschafft. Probieren. Der Pfanneninhalt sieht schlimm aus, und man sollte nicht glauben, wie wenig man seinen Augen trauen darf. Was so aussieht, könnte als Beispiel für vielerlei Augenbetrug herhalten. Den besten Sachen sieht man die Qualität nicht unbedingt an.

Nun gehts ans Schichten. Kein Problem. Wir nehmen eine gebutterte Gratinform, und nun werden abwechselnd das Püree und die eingekochten Blutwürste übereinander gestrichen. Die Oberfläche mit Butterflöckchen belegen, alles im Ofen garen und nach zwanzig Minuten die geschmälzten Zwiebeln obenauf streuen.

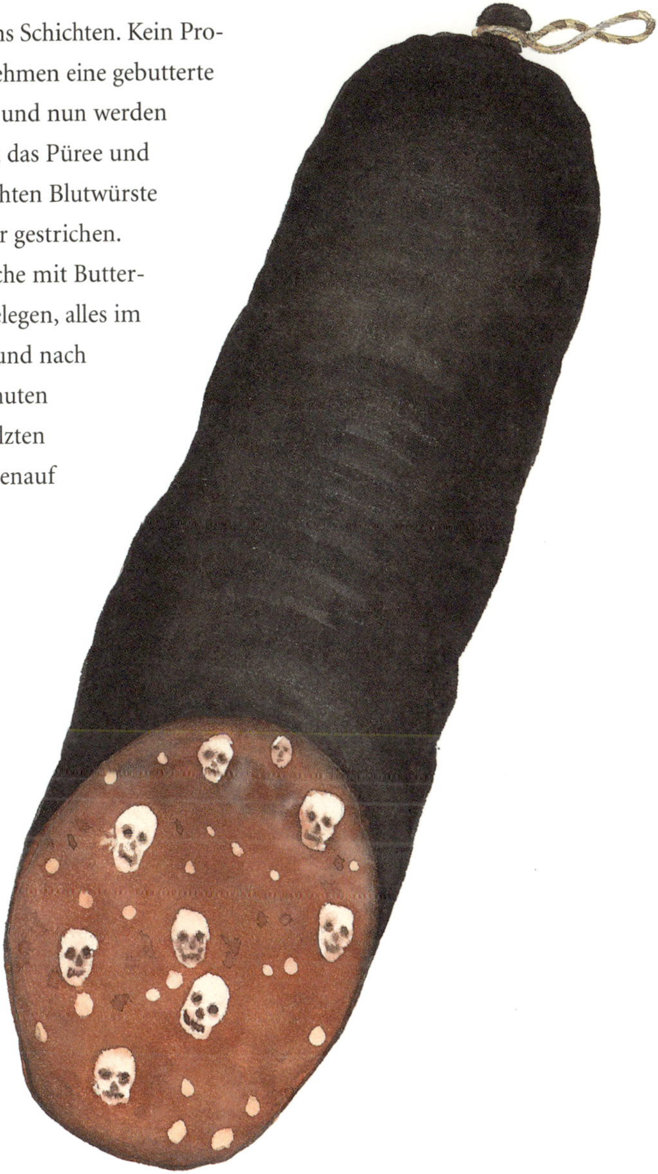

Urst Wurst

Würste im Sozialismus

Meine erste realsozialistische Wurst aß ich 1986. Der Fotograf Roland Owsnitzki und ich waren auf dem Weg ins dänische Roskilde. Auf einer DDR-Transit-Raststätte aßen wir jeder eine Brühwurst, die es in sich hatte – sie muss aus Cadmium oder Zinkoxyd gewesen sein. Von dieser Wurst hatten wir länger etwas – vier Tage lang versuchte sie, sich durch die Mageninnenwände wieder nach draußen durchzubeißen. Der metallurgische Geschmack, der von dieser Wurst ausging, kroch wie Dünnsäure zurück, stieg die arme Speiseröhre hoch, und tagelang durften wir sicher sein, dass Gaumensegel und Gaumenzäpfchen magnetisch waren. Kein Mittel half gegen den Gießereigeschmack, keine Spirituose, kein Senf, kein Essig. Allein die Zeit heilte diese gastrologisch schwärende Wunde.

Wir gingen der Sache nach. Würste in der DDR wurden offiziell in so genannten Fleischkombinaten hergestellt, in Wahrheit aber im Untertagebau gefördert. Nicht nur Würzfleisch und Soljanka, nicht allein die gefürchteten Sättigungsbeilagen wurden den Tiefen der Erde entrissen. Auch Letscho wurde hier geborgen, das rote Gold der DDR. Das größte Geheimnis der SED aber war die Wurstförderung in den Tiefen sächsischer Stollen. Hier schufteten Arbeiter bis zum Umfallen, Wurst um Wurst wurde dem Erdreich abgerungen. Salz- und kalihaltig war die Rohwurst, in Bitterfeld und Wolfen wurde sie chemisch veredelt und hieß nach dieser Prozedur ungarische Salami oder Rostbratwurst – der Rost war wörtlich zu verstehen.

Groß war die Angst der SED-Parteiführung vor der Wut hungriger Arbeiter – einen Protest wie am 17. Juni 1953 wollte man keineswegs noch einmal erleben müssen. Also wurde die Devise ausgegeben: Fleisch auf den Tisch. In den Kantinen bogen sich die Tische unter gewaltigen Mengen von Fleisch und Wurst. An Quantität war in diesem Fall kein Mangel, Qualität war zweitrangig. Der oft petrolige, tankstellene Beigeschmack wurde mit »Bautz'ner« abgetötet – dem Senf aus Bautzen, dem Senf mit dem Apostroph, von Häftlingen ebenso unter Tage gefördert wie die Apostrophe. (Die nach 1989 säckeweise heimlich in den Westen geschleppt wurden, um, als Honeckers letzte Rache quasi, die Rechtschreibung für immer zu verheeren und Deutschland zu überziehen mit einem Netzwerk von Buden namens »Moni's Boutique«, »Ronny's Heimwerkerbedarf« und »Harald's Imbiss«.)

»Bautz'ner« gab es auch in der Geschmacksrichtung »Scharfer Senf – Der Starke« – der jährliche Pro-Kopf-Verbrauch in der DDR lag bei 180 Kilogramm. Nur so war die Untertagewurst überhaupt den Speiseschlauch hinabzubefördern. Der in Erfurt über Tage abgebaute »Born«-Senf war schwächer und weniger beliebt, erklärt aber, wie man das nach der Wende, dem großen Andersrum, von manchen DDRlern trotzig herausgetrötete »Born in the GDR« zu verstehen hat – als »Born to be Sempf« nämlich.

Die Akten über die Wurstgewinnung in der DDR wurden bereits im November 1989 vernichtet; alle führenden Kräfte wurden vom Westen übernommen und sind bis heute unerkannt in der Geflügel-, Schweine- und Rinderzucht der Bundesrepublik Deutschland beschäftigt, wo ihr Wissen und ihr Know-how gefragt sind und zur Profitmaximierung beitragen. So hat die sozialistische Ostwurst überlebt, und mancher Bundesbürger lässt sie sich, ahnungs- und geschmackspapillenlos, wieder nach Herzenslust schmecken.

Jahwe's

otchenparadie's

Blutwurstkrusteln

Aus Blutwurst lassen sich vielerlei Gerichte basteln, hier wäre noch eines

Die Kartoffeln schälen und auf der Brotschneidemaschine in hauchdünne Scheiben schneiden. Die Kartoffelscheiben mit dünn geschnittenen Blutwurstscheiben belegen und obenauf wieder mit einer passenden Kartoffelscheibe abdecken.

Die Wurstscheiben dürfen nicht über die Kartoffel hinausragen. Im Gegenteil, es sollte ein kleiner Kartoffelrand bleiben. Die Kartoffeln enthalten Stärkemehl, das dafür sorgt, dass die Kartoffelscheiben zusammenkleben. Diese dünnen »Sandwiches« gibt man bei mittlerer Hitze in eine Pfanne und backt sie in Olivenöl aus, ähnlich wie bei der Produktion von Kartoffelchips. Anschließend leicht pfeffern und salzen. Vorsicht, denn die Wurst ist meistens salzig genug. Übrigens ist Olivenöl ein ideales Frittierfett. Man sollte immer zweierlei Sorten im Küchenschrank haben, ein billiges zum Erhitzen und ein wertvolles für kalte Anwendung.

Zutaten für 2 Personen

500 g wirklich große, mehlige Kartoffeln
100 g Blutwurst
2 EL Olivenöl
Etwas schwarzer Pfeffer und wenig Meersalz

Die Heiligen drei Würste, Blut, Leber und Tee

Metzelsuppe in Thailand

Sehr weit weg von daheim riecht es irgendwie schwäbisch. Ich komme einfach nicht dahinter, was es mit diesem Nasenerlebnis auf sich hat. Eigentlich ist jetzt auch keine Zeit zu heimatlicher Recherche. Ende Oktober, Hitze wie im Dampfbad. Die Klamotten sind zum Auswringen nass. Ich habe mir eine Obstkiste ergattert, rutsche darauf herum, hocke und gucke. Klatschnass hocken ist immer noch besser als im Monsunregen zu stehen und womöglich von einem Moped umgefahren zu werden. Drei Meter von mir zwitschern qualmende Mokicks wild durcheinander. Die Verkehrsdichte entspricht einer Fußgängerzone an Samstagen, nur sind hier keine Fußgänger unterwegs, sondern Mopeds.

Mich hat es nach Ayutthaya verschlagen, einer Stadt mit schönen buddhistischen Tempeln. Zwei Stunden nördlich von Bangkok, ist mir von einer Zeitschrift auferlegt, die Straßenküchen hier zu erproben. Das habe ich schon reichlich getan, bis ich bei dieser Theatertruppe Unterschlupf finde. Über mir, auf den Brettern, die die Welt bedeuten, ist die Hölle los. In sehr bunten traditionellen Kostümen und greller Kriegsbemalung sind die Schauspieler zugange. Auf scheppernden Brettern wird ein Ehedrama zum Besten gegeben. Von wegen buddhistische Gleichmut und sanfter mitmenschlicher Umgang. Gerade wird der in Kabalen verstrickte Held des Stücks von einigen prächtig kostümierten Hofdamen verprügelt. Die Theaterbühne ist provisorisch auf einige Benzinfässer gestützt. Ja wirklich, ein komplettes Theater auf Benzinfässern.

Backstage gibt es hier nicht, das »Hinter der Bühne« findet unter der Bühne statt.

Die Schöne neben mir sitzt vor einer aufgeklappten Munitionskiste und schminkt sich. Jahrhundertealte Regeln gibt es dafür, ebenso für die Kostüme und die leiernde Musik.

An nässeklebende Kleidung kann man sich gewöhnen. Ich fühle mich wohl: Schönen Frauen zugucken und verdauen hat etwas Friedliches.

Allerlei Düfte wabern unter dem Theater durch. Eine Melange von Räucherstäbchen, dann die würzige Brise, die mich an etwas erinnert, das ich momentan nicht lokalisieren kann. Dann natürlich der Geruch, der weltweit größere Menschenansammlungen etikettiert: die rauchende Fritteuse.

Seit Stunden bin ich auf dem riesigen Markt unterwegs, um neue Aromen und Köstlichkeiten zu entdecken. Als Koch ist man ja hartgesotten und nicht empfindlich. Es gab Essen mit verfaulten kleinen Taschenkrebsen gewürzt, eine absolute Spezialität. Die Portionen, die man im Stehen isst, sind klein. Auf einem Holzgrill kokeln auf heller Glut Scampi zwischen einem Drahtgeflecht, ähnlich einer Fliegenklatsche.

Einige Meter weiter hat ein anderer Koch gerade »Pak Bung Faidaeng« in der Mangel: Gehackte Schalotten, Chili und Knoblauch sind in hohem Bogen ins rauchende Öl des Woks geschmissen worden. Nun feuert er das tropfnasse Morning-Glory-Gemüse dazu. Qualmendes Öl und triefende Nässe vertragen sich bekanntlich gar nicht. Unser Mann am Raketenofen handelt in voller Absicht. Die Pfanne explodiert, der Feuerball schlägt meterhoch. Wie eine mystische Fackel vereinigt sich die Lohe mit den letzten Sonnenstrahlen der vergehenden Sonne. Die lanzettartig langen Blätter werden von glühender Feuersbrunst ergriffen, brennen an den spitzen Enden an, karamelisieren und sorgen so für den unvergleichlichen Geschmack.

Ich rutsche gerade auf meiner Kiste sitzend herum, weil mir der Hintern gewaltig juckt. Verdammte Chilis. Zunge und Rachen haben sich daran gewöhnt, aber alles, was man in sich reinstopft, kommt auch irgendwo mal wieder raus. Ich muss aufstehen, schlage mit dem Schädel an die Bretter. Als hätte sich nun die Kopfinnenhaut ganz auf die Düfte konzentriert, ziehe ich den vertrauten heimatlichen Duft in die Nase. Schließe die Augen, grübele und bade mich gedanklich mitten in dem Wohlgeruch. Was ist es nur? Ja, es müssen Hausmacherwürste oder so etwas Ähnliches sein. Blut, Leberwürste, hier umgibt mich die Kindheitserinnerung an Opas Hausmetzgete. Das darf ja nicht wahr sein, hier mitten in Thailand, bei fast vierzig Grad Hitze und strömendem Regen.

Wie ein Drogenhund, immer wieder die Augen schließend, steuere ich die Quelle der Gewürzschwaden an. Ich arbeite mich durch das Gerümpel unter dem Theater durch, komme auf der anderen Seite heraus und bin schlagartig im grellen Scheinwerferlicht vor der Bühne. Szenenapplaus. Das Publikum, kichernde Thaifamilien, denkt wohl an eine Erscheinung: Buddha ist wiederauferstanden! Mir ist das peinlich, und ich bemüßige mich hurtigen Schritts, aus meiner selbst verursachten Showeinlage zu entkommen. Nichts wie weg, an den Zuschauerreihen vorbei. Dahinter, immer noch unter einer riesigen Plastikplane, lümmeln dicke Kerle in Campingstühlen. Mit herzlichen Gesten, breitem Grinsen schieben sie mir einen Plastik-Gartenstuhl entgegen. Die denken sicher, ich hätte sie ganz speziell angesteuert.

Einer der dicken Kerle steht auf und verbeugt sich, als grüße er von einer Bühne herab ein Millionenpublikum. Er gibt einige Laute von s ich, die irgendwie nach Entzücken klingen. Ich deute es mal so: »Nimm Platz, Buddha, du bist einer von uns. Wir haben seit Jahren auf dich gewartet und dir eine Suppe gekocht!« In der Tat, die Runde der Chefköche lagert um einen riesigen Aluminiumtopf, der auf einem niedrigen

Hockerkocher vor sich hin blubbert. Hier bin ich nun am Quell verlorener Kindheitserinnerung, der schönsten Düfte. Wohlgerüche von Heimat, von Oma und Opa, deutsche Düfte, fehlt nur noch das Sauerkraut.

Mein Dolmetscher erklärt mir, diese Herren seien keine Thailänder. Das glaube ich ihm wohl, denn solche dicken Schränke habe ich nicht einmal in Bier-Deutschland jemals zu Gesicht bekommen. Pfälzer? Das könnte hinkommen, aber die haben keine Schlitzaugen. Trotzdem, irgendwie ähneln die Herren dem berühmten Pfälzer Saumagen. Es sei verraten, Chinesen waren es. Nun bin ich in Völkerkunde kein totaler Experte, aber eine Grundregel kann ich dokumentieren: Im Angesicht gefüllter Töpfe gibt es kaum freudvollere Menschen als die Chinesen. Sie sind in geradezu quietschender Laune. Quiekend wuchtet sich einer aus dem Campingsessel, greift sich eine Schöpfkelle in Kantinen-King-Size-Format, schnappt sich eine flach abgesägte Blechdose und füllt sie. Schnappt sich dann eine Kuttelwurst, schneidet sie auf einem fettimprägnierten Brettchen in Scheiben und befördert sie auch in die Büchse.

Ich löffle. Meine Güte, herrlich! Mein Dolmetscher hält sich vor Grausen im Hintergrund. Er ängstigt sich wohl vor den kritischen Blicken. Die kommen aus dem riesigen Aluminiumtopf. Einige Sauschädel, Schwänzchen und Würste dümpeln in der wallenden Brühe. Massenhaft Fett schwimmt auf der ganzen Herrlichkeit, die irgendwie an einen blubbernden Vulkankrater erinnert. Die badenden Schweinsköpfe zwinkern mir zu? Ich glaube, sie mögen mich, sie beginnen zu lachen, sich zu freuen, dass es mir schmeckt.

Die Chinesen haben mich nun in ihre Runde aufgenommen. Ich bin kein Fremder mehr, gehöre zur Familie, seit sie mir ein Sauschwänzchen reichten und ich fachmännisch die Gelenke brach und die sulzige Haut einschlürfte und mich dann über die Kuttelwürste hermachte.

Burgunder Petersilienschinken
Jambon Persillé

Gemeinhin nimmt man für dieses Gericht besten gekochten Schinken. Der wird in Würfel geschnitten. Viel gehackte Petersilie wird mit etwas Sulz bzw. Gelatinebrühe vermengt und kommt zu den Schinkenwürfeln. Alles landet nach ordentlicher Würzung in einer Schüssel oder Terrine. Mich hat das nie ganz befriedigt, denn gekochter Schinken ist in dicken Stücken relativ fest und meist auch trocken. Ich habe das Gericht nie so bereiten können, dass ich es auf die Karte setzen konnte. Als Nachteil empfand ich auch die Anrichteweise in der Terrine. Man sticht dem Gast die jeweilige Portion heraus. Nach dem Servieren wickelt man eine Frischhaltefolie drum, aber nach einem Tag bereits ist die Oberfläche der Terrine von Kühlraumluft imprägniert. Vor Jahren ging ich schon dazu über, Sülzen vom Kaninchen oder was weiß ich in Kunstdärme zu füllen. Man muss nur den Anschnitt wegwerfen und hat immer frische Ware. So sind Sülzen auch im Anbruch mindestens eine Woche haltbar.

Wenn die Burgunder wüssten, dass wir ihr Nationalheiligtum in die Pelle verklappen, ein Aufschrei ginge durchs Volk. Genauso empört wie damals, als Karl der Kühne von Schweizer Söldnern vom Gaul gehauen wurde.

Ehrlich gesagt, Jambon Persillé kenne ich von Kind an. Das war meines Vaters (Hardcore-Hobbykoch) universelles Partygericht. Es ist einfach herzustellen und lässt sich gut vorbereiten. Wie diese Burgunderspeise wirklich schmecken kann, erfuhr ich erst vor zwei Jahren in den Weihnachtsferien. Ich mache ja gerne das Gegenteil wie die Leute, die ich um mich habe. Andere mögen unterm Weihnachtsbaum singen, ich fahre Fahrrad. Was lag näher als eine Radtour durch Graupelschnee, dichten Nebel, knirschende Kälte und gelegentliche Blizzards entlang der berühmten Weinberge des Burgunds. Die Fahrt war desaströs. Die Winzer haben nicht das geringste Interesse, dass Wanderhorden oder Biker durch ihre Grand Crus spazieren, wandern oder radeln. Mit meinem Mountainbike ging ich stellenweise im Knollenmergel fast unter. Die Wege entlang des Chambertin, Richebourg oder am Corton Charlemagne endeten fast alle als Sackgassen. Weit oberhalb der Rebstöcke an der Waldgrenze fand ich einen romantischen Wanderweg. Mittlerweile sah ich aus wie eine Sau, bespritzt mit der wertvollsten Erde der Welt. In Clos de Vougeot war dann ganz Sense, es ging nur auf der Nationalstraße weiter, und die wenigen Autofahrer hielten gelegentlich an, um mir Hilfe anzubieten, als ich eiernd und gurkend mit Mühe die Spur hielt. Gott sei Dank rief niemand die Polizei, um mich in Schutzhaft vor mir selbst zu nehmen. Mein Ziel war Savigny-les-Beaune. Ein schöner Ort, und wie ich auf meinen Fotos später ausmachen konnte, wirkte das ohnehin romantische Burgund impressionistisch vernebelt wie mit Gaze verhangenes Büchsenlicht. Das Ungeheuer von Loch Ness hätte gut ins Idyll gepasst.

Es war haarscharf Mittag, der Schneesturm war in Schneeregen übergegangen, und die Stimmung war, als würde gleich die Nacht hereinbrechen. Es ging über eine Brücke mit uraltem Gusseisengeländer, von der man einen alten Herrensitz begucken konnte. Wenige Meter weiter saß ich dann endlich gerettet im Restaurant La Cuverie. Niemand wunderte sich, dass ich aussah, als hätte ich mit bloßen Händen einen Brunnen gegraben.

Ein Navarin d'Agneau, also Lammragout wurde bestellt, aber als Vorspeise empfahl mir die Chefin »Jambon Persillé«. Sie war eine Lady, schwarzes Kostüm, straffes schwarzes Haar und ein Gesicht, das nach frischer Luft aussah. So kenne ich es nur von tüchtigen Frauen, die faule Ehemänner durchschleppen. Na, ja, lassen wir ihren Gatten in Frieden, vielleicht hatte sie auch gar keinen Ehemann und sah deshalb so fit aus. Sie hatte sehr weibliche Kurven und gehörte zu den wenigen Frauen, die mit hohen Stöckeln schnell und sicher laufen können und nicht daherstaksen, als würden sie auf geradem Wege unsichtbare Treppen besteigen.

Sie hielt eine Terrinenschüssel in den Armen, stellte sie vor mir ab und stemmte einen größeren, grün-rot marmorierten Brocken aus dem irdenen Gefäß. Das sah ganz anders aus als das mir bisher bekannte Schachbrettmuster. Da waren keine exakt geschnittenen, viereckigen Schinkenwürfel, nix da, es war ein Durcheinander, wie man es von Marmor kennt. Es war ein Gemenge von rosa Fleisch und grünem, festem Glibber. Der Gesamteindruck war harmonisch, obwohl Chaos herrschte. Der Qualitätsbrocken sah verdammt gut aus, auch wenn sich Foodfotografen vor so etwas fürchten mögen.

Es schmeckte göttlich, und ich wusste auch gleich, warum. Wer jemals ein gutes Eisbein gegessen hat, weiß, was ich meine. Das wunderbar saftige Fleisch war nämlich aus einer gut durchwachsenen, gepökelten Schweinshaxe bereitet. Haxen sind immer saftiger als das trockene Keulenfleisch, aus dem Schinken gemacht wird.

Hier nun also das Rezept mit gepökelter Schweinshaxe (Eisbein):
Kalbsfuß, Speckschwarte, Eisbein, 3 Zehen Knoblauch mit einer gespickten Zwiebel (Lorbeerblatt, Nelke) und dem Bouquet garni, die Pfefferkörner und die klein geschnittenen Karotten in einen Topf geben. Mit Weißwein bedecken. Ungefähr 2 Stunden zugedeckt sanft kochen.

Das Eisbein ist weich, wenn es sich locker vom Knochen lösen lässt. Eisbein, Kalbsfuß und Schwarte herausnehmen. Die abgesiebte Brühe um die Hälfte reduzieren. Das Fleisch vom Kalbsfuß lösen und zusammen mit der Schwarte der Schweinshaxe fein hacken.

Das Eisbein grob würfeln, die Fleischstücke mit der Gabel etwas zerdrücken und das Kalbsfußfleisch sowie die gehackte Schweineschwarte untermischen.

Den restlichen Knoblauch, die Schalotten und die Petersilie sehr fein hacken und auch dazumengen. So viel Brühe dazugeben, dass eine grüne, breiige Konsistenz erreicht wird.

Nun alles in den Plastikdarm und gut durchkühlen. Wir haben nun eine grüne Sülze der Spitzenklasse.

Zutaten für 4 Personen

1	Eisbein (über Nacht gewässert)
1	Kalbsfuß, kleingehackt
1 Scheibe	Rauchspeck
1	Zwiebel
1	Lorbeerblatt
2	Nelken
1	Bouquet garni (3 Zweiglein Thymian, Suppengemüse)
1 EL	schwarze Pfefferkörner
200 g	Karotten
1 Flasche	Burgunder Weißwein
4 Bund	Blattpetersilie
4	Knoblauchzehen
2	Schalotten
5 EL	Weißweinessig

Wo die Wurst den Tag umarmt III

Die Wurst in Literatur und Filmkunst

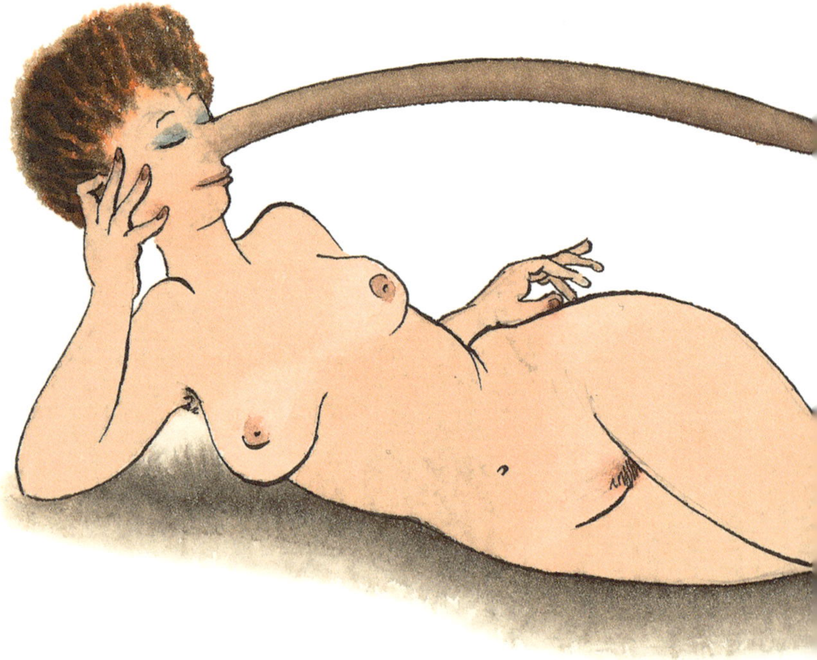

Halbe Würste
Harold and Wurst
Rosemarys Würstchen
Belle du Wurst
Die Wurst von Baskerville
She wore a yellow Würstchen
Oh my Saitling Clementine
So weit die Würste tragen
Die Wurst ohne Vergangenheit
Das Mädchen aus der Würstchenfabrik

Wurst und Sühne
Tadellöser & Wurst
Die Nacht der langen Würste
Das Wurstperlenspiel
Durch die Würste
Sommerwurst, später
Generation Wurst
Ein paar Leute suchen die Wurst und lachen sich tot
Unter dem Wurstwald
Mein wunderbarer Wurstsalon

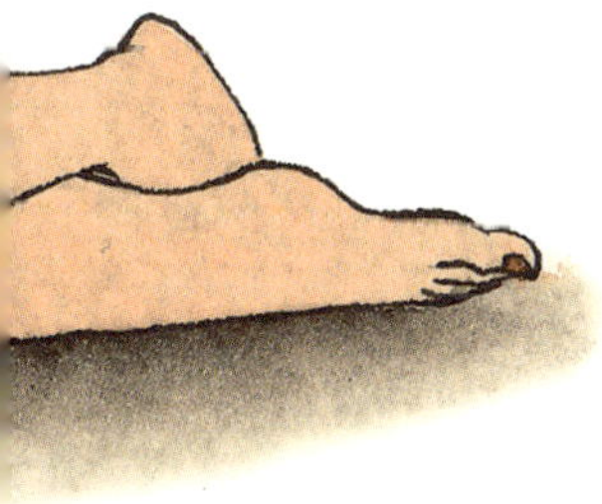

Vor den Würsten sterben die Söhne
Die Würste sind unter uns
Drei Mann in einer Wurst
Kabale und Würste
Draußen vor der Wurst
Narziß und Wurstmund
Die Steppenwurst
»In seinen Armen die Wurst war tot« *(Goethe, Der Wurstkönig)*
»Sah ein Knab' ein Würstlein stehn« *(Goethe, Heidewürstlein)*
Wer hat Angst vor Virginia Wurst?

Endstation Wurstsucht
Szenen einer Wurst
»Komm, lass dich nicht verwursten« *(Von Wurst Biermann bzw. Wolf Bierschinken)*
Wem (oder Wen?) die Wurst schlägt
Angst essen Wurstbrote auf
Wurstpelle, der Eroberer
Die Wursttrommel
Glück Glanz Wurst
Urmel aus der Wurst
Die verlorenen Würste der Katharina Wurst

Gentlemen prefer Wurst
Alice in den Würsten
Lederwurst
Die Wurst ohne Eigenschaften
Die Wurst von Monte Christo
Die gute Wurst von Sezuan

Die Dreigroschenwurst
Doktor Jekyll und Mister Wurst
Das Leben ist eine Wurststulle
Bis dass die Wurst euch scheidet
Ein Kampf um Wurst
Für eine Handvoll Wurst
Der mit der Wurst tanzt
Finnegans Wurst
Der Mann, den sie Wurst nannten
Down by Wurst

Tim und Struppi:
Die Wurst Rackhams des Roten
Würste an Bord
Der Fall Würstlein

James Bond:
Wurstfinger
Stirb an einer anderen Wurst

Als Gäste:
Jack the Rippchen & Richard Löwensenf

P.S.: Wurst ist schlimmer als Heimweh

Fieser Wurstgulasch »Wielandshöhe«

Oft werde ich gefragt, was der Koch in seiner Freizeit gerne isst, was er sich selbst kocht, wo seine kulinarischen Wurzeln sind. Ja, was soll man da sagen. Jedenfalls, um kurz ins Philosophische abzugleiten: »Auch wir Köche lieben das Andersschmeckende.« Der Beruf lässt wenig Freizeit. Insektendiners am Amazonas, wie sie von Studiosus-Reisen angeboten werden, scheiden aus. Exkursionen zum Testen von Heuschrecken und Bananenmaden in Thailand ebenfalls. Man darf ruhig staunen, wie die heutigen, letztlich immobilen Köche zu all ihren Erkenntnissen kommen, obwohl doch verbrieft ist, dass Reisen bildet. Oder doch nicht? Na ja, dann wären alle Deutschen ja kleine Einsteins. Sind sie nicht, und Köche schon gar nicht.

Trotzdem, das Andersschmeckende muss sein. Auf den Bestellzetteln und Küchenorders sind immer Ketchup-Gebinde gelistet. Ohne dies Zeugs geht beim Personalessen gar nichts.

Punkt halb zwölf muss das Futter angerichtet sein. Um zwölf wird geöffnet, und dann ist es aus mit der Atzung. Damit alles seine Ordnung hat und die Fallhöhe zwischen Chef und Spüler verwischt wird, und verdammt, weil das Personalessen meist besser schmeckt als die Menüs für die Gäste, genau deshalb isst der Chef auch mit. Traditionell geschieht das im Stehen, zum Rumhocken wäre keine Zeit. Kurz vor zwölf steuere ich aus meinem Küchenkabuff, wo ich die Speisekarten entwerfe, Bestellungen durchtelefoniere oder sonstwie im Computer rühre, kurz vor High Noon trolle ich mich Richtung Personaltrog.

Ich staune nicht schlecht, ein völlig neues Gericht? Nie gesehen, geschweige denn gerochen. Nie davon gehört, eine absolute Weltneuheit. Auf meine verdatterte Frage, was das denn sei, erklärten mir die Sauciers, Janni und Markus, ich solle mich beeilen, der Ansturm sei vehement: »Chef, kennen Sie das nicht? Das ist Wurstgulasch.« Ich probiere zaghaft einen kleinen Fitzel. Hhmm? Mir sticht ein schmerzlicher Gedanke ins Gemüt: »Mann, du wirst alt, du kapierst die Jugend nicht mehr. Sind die bescheuert oder bist du abgenippelt?« Ich bin mir bei beidem nicht sicher. Ich wackle wieder in mein Kabuff, drehe aber auf halbem Wege um. Greife mir noch etwas von der roten Zwiebelschmiere und achte auch darauf, dass zwei, drei Wurstbröcklein dabei sind. Wieder schaffe ich es nicht bis in mein Kabuff zurück, sondern steuere erneut die Essensausgabe an. Ich haue mir jetzt so richtig enthemmt den Teller voll. »Verdammt, schmeckt das gut.« Wenig später, die Gäste bevölkern das Restaurant, ich mache einen kurzen Begrüßungsrundgang, schiebe durchs Lokal wie ein Caterpillar und schaffe es gerade noch in mein Küchen-Kabuff. Über Stunden konnte ich diesen Ort nicht mehr verlassen. Totale Lähmung, als wäre mein Blut dick wie Ketchup. Blähungen piesackten mich. Mein Bauch quoll, als hätte ich den Airbag neu erfunden. In mir ging eine Biogasproduktion ab, dass ich locker die russische Gazprom aus dem Business hätte werfen können.

Zutaten für 4 Personen

6 Paar	Saiten (Wiener Würstchen), in 2 cm lange Stücke geschnitten
3	Zwiebeln in feinen Scheiben
3 EL	Tomatenmark
1 l	Gemüse- oder Fleischbrühe
1/4	abgeriebene Zitronenschale
1 TL	gemörserten Kümmel
2 MS	Muskatnuss
2 MS	Piment
3 EL	Olivenöl
	Grober Schwarzer Pfeffer
	Meersalz

Und so geht's:
Zwiebeln in feine Ringe schneiden, in bestem Olivenöl anrösten und zwischendrin das Tomatenmark dazugeben. Schaben und kratzen, damit nichts anbrennt. Irgendwann geschieht es trotzdem, dann kommt etwas Gemüsebrühe (oder Fleischbrühe oder in schlechten Zeiten Wasser) dran, aber nur so viel, dass der Bratensatz gelöst wird. Das treiben wir eine Viertelstunde so, ganz wie man Knochen röstet und immer wieder ablöscht. Wir geben die Wurststückchen dazu, rösten und löschen weiter.

Wichtig wäre, nicht zu viel Flüssigkeit dranzugeben, denn dann müsste erst die Flüssigkeit einkochen, bis alles wieder zu bräunen beginnt. Irgendwann ist dann aber alles braun und wir schütten so viel Flüssigkeit dazu, dass eine sämige Sauce entsteht. Nun wird gewürzt: Etwas geriebene Zitronenschale, etwas gemörserter Kümmel, grober schwarzer Pfeffer muss dran, und mit dem Salz halten wir uns etwas zurück, denn die Würstchen sind vom Metzger meist ohnehin schon versalzen.

Wer übrigens Kümmel nicht mag, kann andere Würzvariationen testen. Thymian oder Majoran eignen sich, und mit etwas Curry wird es richtig fies, will meinen: köchegerecht.

»Alter, reich ein den Riemen!«

Was bleibt? – Wurst!

Es gibt hienieden so viel Flüchtiges und Verzichtbares, so vieles, das uns ganz und gar wurst beziehungsweise wurscht sein kann und auch ist. Die Wurst indes zählt nicht dazu – unbedingt aber: die Wertediskussion, der iPod, die demographische Entwicklung, der Bundespräsident, der Dialog der Kulturen, das positive Denken, der Breitreifen, das Vaterland und andere Folklore. Niemals aber die Wurst. Zwar ist auch sie nicht gefeit gegen die Moden der Wurstmacher, an und für sich aber ruhend und resistent.

Fälschlich für harmlos gehalten, hat die Wurst es in sich. Unter der Pelle brodelt es. Unheil und Schrecken vermag die Wurst über die Welt zu bringen, in Form der Brat- oder Curry-, ja sogar Zigeunerwurst. Begleitet wird sie dabei oft von etwas, das als »Kart. Salat« firmiert und auch zu Recht so heißen muss. Feilgehalten und ausgeschenkt wird dergleichen an Buden mit appetitanfeuernden Namen wie »Brutzel-Baude«, »Futterluke«, »Bei Mampf-Fred«, »Don't worry, be Curry«, »Plocken-Otto« oder »Happi-Happi-Grill«. Zu so etwas inspiriert allein die Wurst. Die Frage »Darf man heute noch Zigeunerwurst sagen, oder muss es Sinti- und Romawurst heißen?« ist dagegen müßig. Die ist wurst.

Auch beim Grillfest triumphiert noch immer die Wurst, auch geistig, über den umnachtet das Grillfest feiernden Mann. Der trägt stolz eine Schürze vor dem Wanst mit der Aufschrift »Vati hilft gern«. Was soll man sagen? Man soll ja nicht. Sondern sich fügen in die Einsicht: Wurst waren wir, Wurst sind wir, Wurst werden wir sein, Wurst werden wir werden, auf immerdar. Alles andere vergiss lieber ganz schnell.

Sogar in Kultur macht die Wurst: Der in Greiz unter Thüringer Bratwurstbeschuss liegende Kollege Michael Rudolf berichtete im Frühjahr 2006 von der Eröffnung eines Thüringer Bratwurstmuseums. Was für Exponate es dort wohl gibt? Bratwürste aus mehreren Jahrhunderten? Wurstäxte aus der Steinzeit? Beispiele zehntausend Jahre alter Wurstmalerei? Die Wurst im Spiegel der Zeiten?

Nicht nur in Thüringen grassiert der Wurstpatriotismus. Seine kehlig gesprochene Wuchst besingt der Rheinländer, den Westfalen drängt es zur bollerig klingenden Wuast. »A weng Woscht geht immer«, kartoffelt der Franke. Er muss es wissen, denn der deutsche Wurst-TÜV, den es selbstverständlich auch geben muss und also gibt auf dieser wurstenen Welt, hat seinen Sitz im fränkischen Kulmbach, der Heimatstadt von Thomas Gottschalk. Hier umarmen sich gleichsam Wurst- und Unterhaltungsindustrie: Wurst ist Trumpf. Beim Anblick unserer kulturellen und medialen Spitzenkräfte jedenfalls bekommt das Wort Presskopf eine ganz neue Bedeutung.

Immer und überall ist Wurst, alles Streben gilt ihr: Es geht um die Wurst, also um alles. Sinnbild aller Raserei ist die an einem Bindfaden von einem Stecken herabbaumelnde Wurst, dem Hunde hingehalten als doch nie erreichbares Ziel, auf dass er sich ins Geschirr lege, hechel, hechel. Die Wurst ist Objekt der Begierde. Striche man ihr das »r« heraus, sie reimte sich auf Lust. Sie wolle »nicht immer nur den Zipfel von der Wurst«, verlangt Marilyn Monroe in Billy Wilders Komödie »Manche mögen's heiß«. Und bekam im wahren Leben doch nie mehr als ebenden, und selbst das nur selten – zerdullert, zerschreddert und verwurstet wurde auch sie.

Mit allem, was Wurst ist, verbindet sich ein Bild aus meiner Jugend.

Ich muss etwa fünfzehn oder sechzehn Jahre alt gewesen sein. Mein älterer Bruder und ich nutzten die Abwesenheit unserer Eltern für eine große Party. Jede Menge Mädchen und Jungs wurden eingeladen, der Rasen und die Teppiche wurden zertanzt und die Betten zerwühlt, es war Exzess und Ekstase. Alles, was Keller, Kammern und Kühlschränke hergaben, wurde geplündert.

Frühmorgens, als wirklich die letzten Vorräte geräubert schienen, ein Gast aber noch hartnäckigen »Hungò!« verspürte, fand ich im Keller doch noch eine allerletzte Dose mit Bockwürsten. Ich wollte ihm die Würste in Wasser erhitzen, doch er, ungeduldig, schwankte auf mich zu, griff nach einem der noch todeskalten Würstchen und forderte: »Alter, reich ein den Riemen!« So schön und klar wurde die menschliche Trieb- und Grundstruktur selten auf den Punkt gebracht. Freud hätte seine Freude gehabt.

Unverbrüchlich gilt: Wo noch Wurst ist, da ist noch Leben. Und solange noch Leben ist, so lange ist noch Hoffnung – Hoffnung auf Wurst und immer wieder noch mehr Wurst. Denn die Wurst stirbt zuletzt.

Wiglaf Droste ist Schriftsteller, Kolumnist und Sänger, er lebt unterwegs oder in Leipzig. 2003 wurde ihm für seine »Verbindung aus grobem Ton und feinem Stil« der Ben-Witter-Preis verliehen, 2005 der Annette-von-Droste-Hülshoff-Preis. Seit 1999 gibt er zusammen mit Vincent Klink die kulinarische Kampfschrift ›Häuptling Eigener Herd‹ heraus.

Nikolaus Heidelbach lebt in Köln. Seine Bilderbücher und Illustrationen wurden vielfach ausgezeichnet, für sein Gesamtwerk erhielt er den Sonderpreis des Deutschen Jugendliteraturpreises 2000. Die von ihm ausgewählte und illustrierte Ausgabe der Märchen der Brüder Grimm von 1995 wurde ebenso gefeiert wie seine 2004 erschienene Ausgabe der Märchen von Hans Christian Andersen.

Vincent Klink kocht in seinem mit einem Michelin-Stern geehrten Restaurant Wielandshöhe in Stuttgart-Degerloch und lässt sich im Fernsehen (›ARD-Buffet‹, ›Vincent Klinks Kochkunst‹) in die Töpfe schauen. Er gab u. a. das kulinarische Jahrbuch ›Rube‹ bei Haffmans und Klett-Cotta's ›Kulinarischen Almanach‹ heraus.

Besuchen Sie uns im Internet:
www.list-taschenbuch.de

Ungekürzte Ausgabe im List Taschenbuch
List ist ein Verlag der Ullstein Buchverlage GmbH, Berlin.
1. Auflage Oktober 2008

»Wo die Wurst den Tag umarmt«
unter Mitwirkung von Ulrike Stöhring
Umschlagkonzeption: RME Roland Eschlbeck
und Kornelia Rumberg
Titelabbildung: © Nikolaus Heidelbach
und Christine Schneyer
Druck und Bindearbeiten: CPI – Clausen & Bosse, Leck
Printed in Germany
ISBN 978-3-548-60840-2